黑雪事件簿

目次

輯四，零號病人

輯五，逃逸線

輯六，殘酷月光

地球上最後的夜晚——推薦序

黃以曦

那一年，發生了什麼事？

我想像，很久很久以前，我對著縱深無盡的夜空，要眺望得更遠一點。我想像，很久很久以後，我比對拼湊各種樣式的線索，要完成那張傳說中的圖景。

但事情並非如此。我在此刻，我在這裡。這是二零二零年。我最遠的記憶只到春節假期。那時，隨假期將結束，每有新一天到來，前一天就蒸散。然後，所有人重返位置。所有僥倖都幻滅，所有猜疑都撐破尺度。

開始了。那是零點。在這之後的每一件事，都無法越過那前面，也非從更遠處延續而來。而是無中生有的。我們突然在一個無中生有的泡泡裡。泡泡暴漲，越來越結實。

這是第幾天了？

電視已放送著滿載的沙灘。陽光豔好，金色與綠色的海。播報員朗聲說：「……就像疫情不曾發生過。」我怔怔聽著，在這話裡出不去。這是什麼意思？我想。

曾發生過什麼呢？

口罩。酒精。耳溫槍。不飛的飛機。隔離。人數圖表。每日記者會。股市崩盤與V轉。野戰醫院。野戰停屍坪。我是否覺得恍如隔世？不，我想那其實是，在某快速又決絕的錯差間，我被遺留在另個世界。

故事的水流被截斷、全部消失。我和一群人，我和整個世界的人，被鎖進一幢真空。而無論這是什麼，這是一個孤島。一個被從時間與空間撤出的孤島。我們將會這樣度過每一天。不因為我們記得，而是我們從此有了新的形狀。

在這樣的漂浮裡，在這樣近乎謊言或眠夢的透明裡，我從手機簡訊、電郵，斷斷續續收到一落又一落的詩句。像壞掉的或通靈的傳真機，拚命吐出綿綿的密碼。

荒謬的是……我可以這樣說嗎……?它們,從一切故事都結束的起點,而來。

每一個原爆點,都是原爆點。痛苦是無法比較的。孤獨與迷惘是無法比較的。沒有比黑更黑的黑。然而,這落後來成為了詩集《黑雪事件簿》的紙頁,全部的字裡行間,仍令我害怕。

令我害怕的,是那裡透著全知與預言模樣的儼然嗎?是那些壓抑下的與幽闇、沉淪和死亡的比鄰嗎?是那裡頭,人之於他的世界,無法不扭曲、終至近乎譫妄的念想嗎?是這樣嗎?不,令我害怕的,是這詩集在各種偽裝底下,深重地存藏著,在這之前的世界、在這之前的他自己。

像一齣橫跨次元的書寫。情感在糾結的維度底竄流。脈絡以其超真實,變得可疑。而詩人竟保留了自己,與他的影子……而我兩者都沒有了。

《黑雪事件簿》裡有像是釘了什麼在牆上、已然封箱的,一封又一封瓶中信。那些情節是嵌在如何的現實裡?那些人後來都去了哪裡?詩人從現場走過,快步不停。而許多許多字句,像新物種那樣,醒過來、走出來。

我慢慢地，一字一字讀，幾乎浮現了某個似曾相識的身世：有一個文明，有一處時空，裡頭有駭人的揮霍和天真。

我讀著，捨不得讀完。我怕當我闔上書，這一天還沒有過完。又或許我更怕，當我闔上書，這一年，這一切，從沒有發生。

黃以曦，作家，影評人，著有《謎樣場景：自我戲劇的迷宮》等。

黑雪事件簿——序詩

疫

在他方

烏鴉快遞

一朵殺人的雲

深陷絨花

劇毒：熾燒鋼鐵

謊言季

新聞頁面整版假字

無處埋藏
免疫過期的軀體

無可焚毀
一敗塗地的家園

輯一，黑鏡

黑死

他
等待療救
卻
瀕於默寂

彌留之……際

救傷現場
聽任的呻告
臃脹的體制
不復收治，最後的喉音

【二月四日，封城武漢的一個家庭全網發布呼救資訊，在老父親確診新冠感染並於當天過世之後，這一家的老母及年輕夫婦持續高燒不退，並出現心臟不適、短時昏厥等危重症狀，卻仍然被醫院告知因沒有醫療資源而不能收治，只能繼續在家隔離。在疫情爆發初期，更大量的新冠確診者因床位短缺等理由，被醫院拒之門外，更有患者因而趕往其他城市的醫院就醫，造成了病毒的進一步傳播。】

蝙蝠殘笑
浮上牆壁
牆壁龜裂

邪靈
在彌留之際
是他
唯一的收留者

卻不肯收留
輕信之淚。

黑殤——鑽石公主號蒙難記

冰冷鐵鑽
鑿穿
夕陽的溫暖

宛若巨廈的
欲望雕塑
變身空闊疫棧

分層造設的階級
忽而平等
在惶惑面前

以時光的沉靜
學會發瘋
咒罵的人類世

紅絲絨蛋糕咬不出
甜美的生活
手指微顫，從起點出發

抵達的卻並不是
終點，而是一次延異焦慮
無盡期的催眠。

雅麗的如儀
早記憶不起
杯盞後的輝光

魅惑鑽石

染上公主的病
恐慌劑量增大

安寧病房裡蜉蝣
偶然的揮手
就引發海嘯

黑光——事關L・W・L

一・

翕動的夜芒
「一齣棋戲」
病症者扯落雲圖
物象的摧毀
拼接死期的敘事
重建龐貝暗影
亡靈修改背景

變身孔雀

失溫於天際線的陰火
眼瞼湛藍

二・

孤立詩句的歷史
鍛造金色瓦礫

習慣於死亡的城市
用結局覆蓋開始

著魔，或緩慢的驚異
懼怕本質

忘卻詮證的屍體
以胎盤移植

意義之外
暗晦的稀有金屬

三・

病苦
負擔如無夢之夢

掃除障礙
災難坦然落座

冰川透明
顯微鏡困惑於毒液的飛翔

字母的哭泣
語言遊戲嘎然中止

白髮獵人拋出最後的誘餌
羔羊易容，成為元兇

四·

模仿生命
剝開喘息的細節

上升
步入諾斯替叢林

等待許可的陳述
註定偏激如雲雀

潰敗於深淵
統計數字下的真相
影子成為主人眼中
亟欲剷除的敵手

五・

房間是沉默的
沉默等於高歌
乾澀的酒杯妄圖唾棄
一種屠殺
寫作之夜
對命運構成威脅

馬基雅維利時刻
呼救者扼腕自殺

悲歡的行跡吻合
謊言的媚術

六・

編織著救難的神話
高度自覺

全面啟動影像
追索的天空之眼

偽飾的妥協過後
中世紀議題重啟

進程之上
宣言蓄謀著未來

旋律的陣痛：在
颶風之中，只有緊握風鈴

黑蝶

僵局。燒焦的頭顱倒懸
仇恨的逆風場景，走向嚴冬
最不可理喻的前提
說謊者已經發瘋，吞食髒汙的玻璃

複魅之鬼，撚動疤痕與咒語
那所謂一萬年太久的不可言說
喚起枯骨、紙帽、大字報、遊街的鐵鍊
群像刺眼，延亙四十一年的隱喻
塑造了定義的決定性瞬間：
那是夢魇。

【在「網路生態」新規發布，並刪除「騰訊．大家」之後，自一月下旬以來被新冠疫情煮沸的中國網路空間一片哀鴻。在二月二十日，很多曾經的「大家」簽約作者，紛紛在不同管道貼出「我的最後一篇『DAJIA』文章」以示紀念，一時間如焚書的紙頁紛揚整個網路。有公眾號文章發布評論〈永夜將至，交流基本靠吼〉（不久也被刪帖），說出了此次淨化網路事件的關鍵性影響，以立法方式介入輿論內容的發布，也意味著中

熟練的定向，向後再向後飛轉的
時鐘，詮介一種因果作用
滯重黑鐵，末日停格。殘夜之蝶度越
在扼裂希望的田野

國言論空間的進一步狹義化。】

黑帷

禿鷲，自誤於捕食的方向歸零

而從最後一行逆向
如匍匐的，梵文、巴利文、盲文
陰刻文、摩斯密碼……以街巷徹查的宣告，被打擾
的廢墟工程，遭遇無知與拖延。
豺，慢行在咖啡座便利超商
不可示人的暗角，伺機於咬噬
一空曠珠寶
廣場上，持花的新娘

崩垮的大廈，只剩下

【三月十日，美股開盤後急劇跌落，於一九九七年後第一次觸發熔斷機制，大幅打擊全球股市，歐盟所有成員國也都報告了本國出現新冠肺炎確診的案例。三月十一日，美國總統川普宣布為防範疫情的進一步擴散，全面禁止歐盟成員國的公民入境美國。這一突然嚴峻的入境政策，極大地打擊了全球投資者的信心，造成第二天美股開盤再次觸發熔斷機制，歐洲金融市場也引發恐慌性的聯動反應，全球範圍的新一輪金融危機，

煙塵和無人應答的慘痛呼救聲，莫名而貧窮的
典籍，來自古遠的阿西西聖堂，
鐘聲回饋
一條蛇的曲徑，把聖桑的鋼琴，譜寫成
荒蕪的待屠之城。

畸形遊寇，放射狀地與魅影採取對弈，展示恐懼
或售賣嚎哭券，以捐棄對文藝復興
人文主義的虔誠信心。轉而，關心起蒙太奇攝影，將採取
如何的廣角方式，記錄下類星體
超出臃腫定位的暴漲企圖。在過於
倉促的倒行語碼之中
拂曉的不安錘擊了吹笛之人
讓盲目的石虎痙攣般，肆意地
吼喝。

雨，也就是這樣紛紜地麇集於一刻。但卻無法
消除、洗滌，那些汙跡
尤其集中於病毒
的研發生產線，如何提取，轉換，定型
如同成長小說的精神現象學陰謀論
思想著最具威力的毒：竹鼠是不能飛翔的蝙蝠，卻奔向了
果子狸的亙古巢穴，並以改制的意念，賦形為穿山甲
的形式，精神現象學的陰謀論迴旋著
蒙昧城堡的廣播——竊喜於「絕對知識」的
那個政治瘋子……

只有禿鷲在矜持著，掠食的意志。

雨，暴雨，聯絡起形而上、下的執拗死者
更多的兇險生物，參與末日的冷餐會。梵文、巴利文、盲文
陰刻文、摩斯密碼……通通參與了
恐慌的傳播，無法歷數的廢墟工程。在脖頸後側

感受到溫熱麇集的一刻，遭遇到群狼圍剿，倉惶
在鐘樓奔襲的，重傷的
一刻。被危困的城市，誘發出
植被的基因突變，並特別指點，在股票交易所
大廳，轟然斷電的
冥王星時間。限制一切

或者是更明確的：一切都是限制！
蒼白，瑟縮，從頭頂掠過
升格鏡頭，大廣角：在潰損中的堤壩，是劍齒象
撼動了沉冤的體制
是更多的猛獁
更多的豪豬
更多的犀牛
更多的分崩離析。錯亂、錯判以譴告
聖桑的鋼琴，輝映出待屠而潰堤的城池
不可示人的暗角。迦太基，再次被提及的

幻影，受困於迴旋的渦流，顛覆了
地中海最後的命運。荒蕪，莫名而貧窮
以悲劇意識，昂揚或者挫折，血的
割禮，超越時差的一匹迷失之幼鹿，被龐然大物
吞食了，一根骨頭也不留的
從最後一行的怨咒
逆向擬想以追溯……

魑魅淵深之會，禿鷲剜失的眼目內升起濕黑的幕帷

黑函

傾向厄難
禁制於石瀨的彼側
大梵音，感應的殘餘，菩提伽耶
下行
下行的眾生苦極相
瑩淨如琉璃
倉促行儀的獻禮
無間地獄

瘤罅，長腳蜘蛛據守
疲害的根基，青萍之末
無可克制的磨洗循序

【四月十四日，印度總理莫迪宣布將全國禁閉期延長至五月三日。根據官方統計數字，自全面封國以來二十一天，印度確診人數增加了二十倍，在可預見的未來，印度疫情的「黑色信封」將逐漸開啟其可能的重量級影響。】

鼠灰色的
譫妄，不可能的故事
以及最骯髒，明顯的事實：
盲目巡行且沉滯
危險心靈結構之下

幾近於毀壞初始
陌異，傾頹
設置了終末點，不適
人居的喜樂究極處
突然的醒覺
無動機的侵犯，神經質
以失音獨白抽象疏離於恐懼
肉身的具體

下行的菩提伽耶
重複一種

瞳孔感光，閃爍的剎那判斷
在無邊的幽黯，氤氳，墮落
氛圍的抽搐，下行的
意向錯愕
反噬與施壓，展開
而為一彷彿擴張向無窮大的黑色信函

觸目的形象，凝化
煉打為一列行進
呼嘯中的高速火車，虛空造像
瓦拉納西在望。風馳
電掣的連環銜接，巨大的
音響，是膜拜，悲苦的動向
而恒河，深不見底的谷壑
岸崖上忽明忽暗
呈放射狀的骨骼

停止於塑造
敘事的不可言說。一脈又一脈
山群，圍攏
以摩天之勢態
扶搖的雲陣，彌漫
背景的懸疑，非主觀的窺伺
克理希那城邦瞥望中傷逝

譎詭的重圍。噩耗年頭
不確定的聲息阻遏
至美與絕醜
援引彼此因崇高的衛護理由
失音並失重的肉身空洞，打開
浸漸的形式條件，黑色信函
大梵音激進，無可克制的磨洗循序
敗宕，戕襲，亡祭

輯二，沼　　澤　　史

在錯誤宇宙

是開始的時候，鐘錶的回聲，街道
空曠而空泛，那裡有宇宙中人的語言記憶
芭蕉葉，沾滿了病毒，卻迎風
舞蹈著不可見的快樂。就當成是在說起
那一年的緩刑

是開始的時候，車廂裡，過早地
下光了所有乘客，列車員正在收起小桌板
調整座位的方向，消毒，一遍一遍。敏感質。
只有在逆行時空，宇宙中人的神經記憶
才會像這次一樣的，爆炸。

【在新冠病毒發展的初期，武漢作為發病中心，依舊充任中國大陸中南部地區的交通樞紐，現代社會四通八達的快速交通方式也將疫情感染者運往中全國各地，在相當一段時間之內（以「封城」為起始點），中國大陸全境以至全球範圍，「武漢人」幾乎成為病毒的代名詞，相應的歧視與隔絕之舉，層出不窮，幾乎達到非理性的程度。】

閃電與告別，是開始的時候，並不
知道的，也許並不會有開始吧，車廂中人
戴上面具，穿上防護服，走向一個個
海關入境署，彷彿綁上炸彈的信徒
跌入雲朵的海豚

雲或者是雨，或者是毒
在開始的時候，滾雷密布，如 X 光射線
穿透肺葉纖維，越獄者佯裝幻覺
那一次又一次的爆炸行蹤
居然使人陶醉

煙霞，如少年，是開始的時候，最爛漫
褶皺，一級預警，視網膜因焦慮
聚焦於錯誤。告示牌上，不斷遞增的
並不是宇宙人均幸福指數
芭蕉葉上的荼毒，是時候，穿上限量的美

是開始的時候，暴雨中
打劫城市中心的　。殺戮，在淩晨四點
每一次空氣誤解靈魂，口罩耗散希望
就是開始的時候，開始用紙疊製飛艇
飛越稜鏡中封印的水銀

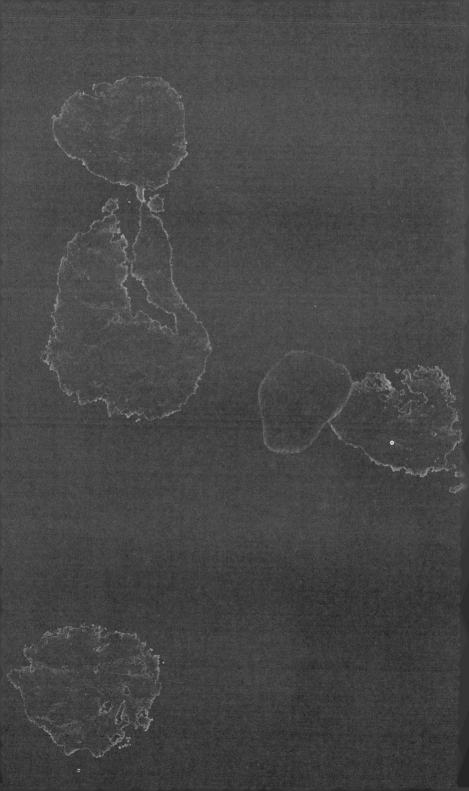

童

舉手，向人世索要
呼吸的權利
小小小小的拳頭
可以變成
斧頭，去劈開
已在肺部
潛伏的陰影

非關
舉國體制的大問
病例中
還沒有名字

【二月二日，新冠肺炎疫情的最小感染者在武漢出生。新生兒母親確診新冠病毒感染，在出生三十小時之後，醫生對新生兒進行了新冠核酸檢測，結果為陽性。隨後嬰兒被轉往新冠病毒感染的肺炎患兒定點救治醫院—武漢兒童醫院。入院後新生兒生命體徵穩定，尚無咳嗽、發熱症狀，但胸片已顯示感染表現，並有呼吸急促狀況，院方對新生兒病情發展進行密切觀察。】

便被載入病態歷史

災異筆記
其實是用腳
一步一步走向光明
當站立終於被學習
啼哭再不需要檢疫
你吹鼓一層層波紋
想起那些煙消雲散的事

沼澤史・壹

攖犯的邊界：
空城
挑釁於
暝默與汙名

徒手地掙扎呼吸
被抑止
償還者
從第十三層樓
一躍而下。

【武漢封城後，新冠疫情被認定為國際性公共衛生事件，日本政府也開始分批次撤出在湖北僑居的日本公民，事宜繁雜，充滿恐懼與不安。二月一日上午十點，日本埼玉縣和光市市立保健醫療科學院，一位負責武漢撤僑任務的日本官員於隔離中跳樓自殺。日本警方初步認定，死者自殺與疫情造成的精神壓力有相當大的關係。死者時年三十七歲，與其後不久逝世的「吹哨人」李文亮醫師幾乎同齡。】

苦渡的野柚子
也在一夜之間
開花

沼澤史・貳

那一刻
夜鳥掠過

那一刻
白首的骷髏
隨溫度撤離
輕吻的額頭
與掌心

那一刻，有
一聲沉沉的呼喚
發自胎動

【武漢大學中南醫院重症醫學科主任彭志勇醫師接受《財新》網記者二月四日的採訪時稱，在抗疫過程中最為遺憾的病例，是一位確診新冠肺炎達致重症的湖北黃岡市孕婦，其在加護病房進行治療，並已出現明顯好轉，但治療一週花費掉的近二十萬人民幣是他們一家多方籌措的借款，一週後再無力支付診療費用，只能停止治療。轉出加護病房後，孕婦及其腹中的胎兒，很快離開人世。在孕婦過世之後一天，全國宣布對新

淺淺的聲息
只具有象徵意義的手指
試探著去抓取
關於未來的事實

鐵一般的潰爛
一整座花園的卑汙
冥河上的擺渡者
以灰霾
銘記詛咒

冠疫病感染者免費進
行治療。】

沼澤史・參

鉛色淩晨的
孤寒

高速公路
空無一人的路障
刺眼的鮮紅色
匕首：

「歡度2020春節」

虛弱
脫水的精靈，奔跑在

【在一月二十三日武漢因新冠疫情而採取「封城」政策之前二十餘天，武漢市中心醫院眼科醫生李文亮等八位醫生分別因通過微信向同學、親友警示肺炎疫情而被公安部門約談「訓誡」，以騰訊網路公司提供的資訊證據，這八位說出實情的「吹哨人」，被定性為「造謠者」，同時為「戴罪立功」、爭取好的表現，紛紛走上抗疫第一線，其中「造謠」第一人李文亮更是在一月底感染病毒，二月七日淩晨宣告醫治無效而過

高速公路，空無一人
的路障盡頭
痙攣

痙攣的城市
痙攣的風
痙攣的時間感

真相列車停開了
無處換乘

世。李文亮的死亡與搶救過程引起全網關注，群情激昂，同時有媒體從業者在社交媒體公布有關單位的專項指導意見：「關於武漢市中心醫院李文亮醫生去世一事，要嚴格規範稿源，嚴禁使用自媒體稿件擅自報導……」】

沼澤史・肆

像
一莖哭醒了春天的葦草

雙重邊緣
灰蒙的屋頂
受困於節拍的尋找
某一種
既定的荒廢
封鎖

擺渡人打翻了
下一杯薰衣草茶

【二月二十四日，已有十五年歷史的資深獨立書店「單向街」發布一條令人揪心的消息：「疫情遲遲沒有盡頭，書店撐不住了。」創辦人許知遠以語音發布了〈一封求助信〉，希望社會人士以眾籌的方式幫助單向空間「續命」，渡過難關。而在「單向街求救」這件事背後，更多在疫情所造成的封鎖之下，對民營實體經濟的災難性影響，引起極大的關注。】

曼德爾施塔姆的句子
印上貓腳印
在高塔之夢
的複數態
猶疑著弗萊堡學派
和維根斯坦的火鉗
以及某一種既定的荒廢
無以言說

而地球是一枚遷徙中的
易碎物品

病症之熵
如收藏記憶
一場場瘋狂的朗讀
王子和公主
徹夜未眠

直到冥王星
都為此開出罰單

園藝術
與城市學
對望敲擊中的鍵盤俠
塔可夫斯基錯誤地
追捕一隻密涅瓦
長腳蚊。外星人觀測
地球的育成方式
以之作餌
誘引規律的演化

鮮豔如未知
華特・班雅明
或一座迷宮中的書店
在各項參數都

正常的午後
正確的咖啡杯
留下口信：
那些訊號不明的
沙漏之外
有一片待領取的
火海

而腐朽浸入石英
穿鑿，布拉姆斯斷層

沼澤史・伍

試圖以妥帖的姿勢回應
平行觸發的可能
世界，另一種災害
最小化最小化的生成
那會僅僅是一次
無傷大雅
略顯厚重的咳
那痰音，並不會乖戾過早期啟蒙
在二十一世紀的殘留
形影。但是政治性
或者是現代的不能再現代的

【三月十日，《時人》雜誌在公眾號推出的一篇名為〈發哨子的人〉的文章，引發大陸網路可以稱之為「今古奇觀」的聯動效應。這篇呈現疫情進展中的拖延與無知的真情文章，發出後不久被刪帖，此後則出現了網友和公眾號各出奇招，以不同文類、文體轉發以求「別讓她的哨聲停下」。除了相對常規的英文版、德文版、韓文版，還出現了盲文版、二維碼版、古希伯來語版、明碼電報版、甲骨文版、無字天書版等奇跡文

原始性，官僚制
德性倫理，以及呼吸機內
峭寒的
飛機激速墜毀的意象

否定了，一再一再否定
那嘗試之中
比痰音更其微弱
的哨音，吹向倫巴底大區
吹向紐約地鐵，吹向
大邱或梵蒂岡地窖
微弱的
早期啟蒙

在二十一世紀
只剩下真話的
一具具棺槨

體。前央視主持人崔永元在轉發匯總報導各種版本的文章之後感歎：「何必呢，一篇文章而已。讓你們刪成了聖經。」】

以及對直言的
一次次抹殺。

不滅的
卻仍然不滅
改變行跡，高舉血跡
最初的仇怨
依舊守望著，現實的鐵甲
鋼拳——現代的不能再現代的
一切不滅定律
在受困者
疲憊不堪的漢語
救亡戰役，投擲石塊，燃燒彈
而終於敗壞了
（最大化最大化負面產能的）
二十一世紀夢想

百科全書派無法預見
平行觸發的可能世界
趨於絕境的語言。戰場
只能捍衛戰場
不滅的
峭寒意象：信念墜毀後

燒焦的孩子
額頭刻寫下衰亡。

沼澤史・陸

拱廊之下
罌粟困惑於窘墮，匱乏，衰退中
自相交鎖的雙手
貿易黑鐵時代，甚至那僅存，些微的
世變之心，隱形敘事
蠅群的喧雜之後，鄧．司各脫哀求
又放任的上帝，不可
觸達，全能全知的意志體，先驗理性
無以抑止烏雲呼喝
命令的禁戒
汝當悔改！

【四月十四日，國際貨幣基金組織（ＩＭＦ）與世界銀行（ＷＢ）的首次線上春季會議開幕，年會發布了最新一期的《世界經濟展望報告》，在其中ＩＭＦ預計，在新冠肺炎疫情的影響之下，今年全球經濟將萎縮百分之三，為一九二九年大蕭條以來最大規模的經濟衰退。到四月二十日，接近美國原油期貨五月交割的時限，由於全球大封鎖而導致國際油價大幅暴跌為負值，盤中跌幅最高超過百分之三百，全球經濟正泥

陰影的現象學
潛行負面，頹困的渺茫
無知，衰退中的心靈寓言，巨力
蠅陣的鼓翼，突圍，並腐蝕毀盡
航空公司，一家家酒店，書局，咖啡館
罌粟花田。最喧雜，沉鬱的黃昏，迷失
的情緒，在無止境哀矜中
持續衝撞如末路的羔羊，並終於
持槍，轟擊出絕望，鄧·司各脫再次
宣講以超越性的靈修
汝當罪愆！

馬賽克矯飾
幕牆後燈光闃如之夜，泛神論者
在愚昧而血腥
的世界，悸動著，褫奪
危機的團契以構陷崩潰

足深陷入新冠疫情的
沼澤。】

妥協，承諾因啟示唐突複寫逐字錯置
眾生的義無反顧，鄧．司各脫適時
提示出的另一個
名字一一把教義深化，如金融大鱷
屈服束身骯髒的蠅類
汝當祀奠！

輯三，失重洞穴

伯利恒

雲
嵌入藍色玻璃
衰亡的提喻
沉重如鐘

殘酷
比如瘟疫
斷念
比如春天
窒息之中的聖城
開啟扼殺之書，蒼白的
扉頁，默念痲木

【進入三月，新冠肺炎病毒在全球大規模擴散，當地時間三月五日晚，巴勒斯坦衛生部即發表聲明，表示耶路撒冷以南的伯利恒地區已經有七人確診了新冠肺炎感染，並宣布即日起，伯利恒進行封城，進入為期三十天的戒嚴緊急狀態。而在同一時期的中國大陸，因長期封禁狀態，人們開始使用各種辦法紓解壓力，在全世界處於緊急狀態的時候，戒嚴狀態下的中國青年，以各式各樣的網路 Party 提前歡慶 5G 生活的來臨。】

哄睡過期的黑暗

空鏡：
一杯黑咖啡的亢奮
用狂歡
混淆盲從
自我隔離於夜
只
能
守
望
惡作劇和鬼臉

Semifusa

野騎
局促於危殆禁地
橙霧之沙，煮沸的連番恐慌
乃試探突圍的音色，質地
正適合朗聲
宣告大疫無法衝破
如嚴陣
的一段子夜魔歌。階上

青苔
末了的，春色盼望
遇雨的時刻，分泌

【三月十三日，美國總統川普宣布，美國進入「全國緊急狀態」。隨後，西班牙、法國、波蘭、捷克和斯洛伐克紛紛宣布國境封閉政策。五月十六日，西班牙媒體刊登諾貝爾文學獎得主尤薩討論疫期的文章，以「中世紀」為論題核心並採取連番設問的方式進行反思：「不會終結的是對死亡的恐懼，以及更之上的，築巢在集體恐懼核心的對瘟疫的恐慌。宗教會安撫這些恐懼，但永遠無法使其根絕，在信徒的內心深處始終

纏繞，裂解繁盛，分成
兩半的子爵，在安達盧西亞
嚴陣的
磷火中，死亡的加速
猶疑躁鬱

如寄
的連番臆想，枯坐
藤蔓終究免疫於人與人之間的
灰燼密儀。鋼筋或烈火
在一次性
徹底燒殺的十四世紀
總是有更多的可能，以風速
告引著徒勞，慘烈的回擊。

會彌漫著這些時而動盪的不安，並轉化成恐慌。一旦跨過生命和超越生命之外存在的邊界會是什麼？永久的滅絕？還是會來到為迎接善者的天堂和接受惡人的地獄之間那道宗教所預言的神話般的分割線？還是會進入聖人、哲學家、神學家和科學家們都還未發現的另一種生存形式？這場瘟疫突然地向我們提出了這些問題，這些問題在日常生活中通常只會出現在人們最深層關於人格的自我拷問之中。」】

邊界酒店

牽制於味覺
微甜、澀味的
洋柑橘茶
遴選的光度與切角
剛好可以平視
最後一架班機
驚掠過夕陽餘暈，似逃亡
向安全的空域
無毒的
尖嘯鼓翼
（頻閃的高亮度紅光下

【三月十九日，倫敦宣布封城，歐洲全境出現大範圍國境封閉的情況，申根簽證在疫情面前變得名存實亡。到三月二十二日，義大利因新冠肺炎死亡的人數超過中國。義大利哲學家、前威尼斯市長卡齊亞里在接受媒體訪問時，認為這一特殊疫情將意味著歐洲一體化神話的破滅：「很明顯，兇手不是冠狀病毒，二十年前他們將單一貨幣當作終點而不是起點來管理時，就已經開始屠殺歐洲了。在恐怖主義和希臘危機之後，

切實而篤定
閉合中的鐵閘)

法式霜淇淋靜謐中
陷落焦慮，荒涼的河流
在窗前，搬演著
意氣作用
蓄謀停阻，挫折，繼之以
抑揚格，表達出不甘願的趨勢
向並不該存在的
病厄之區隔
示意且
真實的切割

(最後一輛
是雪佛蘭輕型商旅車
調頭折返霧靄中未知的寒林角落)

現在中根也將終結。
因此，我想如今我們
必須放棄這個歐洲夢
了。歐洲已經只剩下
最後一口氣，新冠病
毒只是仁慈地給了它
最後一擊。」】

一天的觀察幾乎是可以告一
段落，那是無望的下午
茶，焦糖與黑森林蛋糕
的濃霧彌散之前
並不存在的
邊界，被重新劃立，繁瑣複雜的
法典作用！一如不可止的河流奔襲
奔襲在適當的光度與切角裡
闖入的一隻金面
狻猊

（安魂曲。補充起畫面
失焦的空茫下
不遷變的主題）

那不勒斯——與弦同題

正因為被肢解於風
刺蘼與瓦礫之間的
海岸長廊，狂熱分子發射
又錯失的箭簇
病毒化的意識形態

災難與封鎖：那些正在建築的
虛無主義

方坦納墓園空無一人
聖卡洛劇院空無一人
桑塔露琪亞海灘空無
一人，再不會有

【義大利的新冠肺炎疫情發展，在全境封閉後，一直處在歐洲前列。三月八日，一則影片從那不勒斯發出，影片中名叫Luca Franzese的男子稱自己的姊姊Terasa Franzese在住所中死於新冠肺炎病毒感染，在此前向醫院求助中，院方皆以醫療資源不足為由而拒絕測試，直至其姊姊死亡時，仍未有醫護人員進行檢測。影片發出後，有相關檢疫人員對其姊姊進行了新冠檢測，結果呈陽性。義大利的封城令也在不斷延長中。】

尼古拉市場上的那些
孩子們，以及相關聯
不必要的爭吵聲

再不會有那些人說著：
走當走的路
守所信的道。

維蘇威火山，虛靜中
焚燒
聖瑪麗亞眼中
的藍色綢緞
正因為

被獻祭於風
這時代的賓虛
這時代的猶大

以玷汙的方式
強旺的陽光照徹空闊
在自身的陰影之下
十字架宣告了
比死亡更悲慘的
哀傷：

茶梨樹開花之後
嘲諷比慰藉更能找準方向。

非策劃性的夜曲

如霧起時
熔鑄靈感以蓋希文藍
曲筆的播散
在地獄廚房
哈德遜廣場
克里斯多福街

苦澀謐靜的
匆促排拒
「國家緊急狀態」。
櫥窗展示出蕭條
恒久遠的誡諭

【三月二十六日，美國的新冠確診人數超越中國，紐約州為疫情最嚴重地區，成為美國疫情發展的「震央」。德籍韓裔哲學家韓炳哲則在這一時期發言申論病毒的負面建構能力，在全面的監控秩序之下，真實的生活不再可能：「眼下爆發的對病毒的戰爭正是病毒的延續。續命社會正顯示出非人性的特徵。他人首先是潛在的病毒攜帶者，會威脅我的生命，因此必須與之保持距離。為存活而戰與對美好生活的期許截然對立。然後，

過早衰老的翼龍
已無力起飛——

大都會博物館轟然鎖閉於豪雨中的夜寂

賈維茨會展中心，空場上的
兩名兵士
奪目的金色面盾
射燈鏗鏘著敲擊的效率
這是紐約。

伍迪．艾倫是附近街區第一個戴上口罩的老人

煙之外，馬修．巴尼酒吧
暗下了，那只霓虹燈兔子
鋼琴空置，沒有酒客的
包浩斯建築

我們自己就會變得像
病毒一樣，成為一種
只會繁殖和生存，卻
不會生活的亡靈。」】

爵士樂以狐步
迎候一個僭主
蔓延統治如丹鐸神廟中
釋放的
至暗時刻。
失落的指環

克制而隱喻，試探著
籌措著，從布許維克
至蔭木區的隱藏攝影機，死者的玻璃
眼珠，深邃，而且凝定
滾雷之聲暗諷般擠塞於滿布血汙的
恐懼涵層

鐘敲十三響，痙攣臨暗
逃亡的天空

Social Distance

一杯咖啡的
一朵玫瑰的
一張座椅的
一個轉角的

一株綠植的
一襲薰風的
一弦琴音的
一場狂歡的

一千個無法抵達的擁抱的

一匹困獸的
一次確診的
一段哀傷的

一直下雨的星期天的

一瓶 Corona 牌啤酒的
一齣又一齣退檔電影的
一整個紐約的倫敦的安特衛普的
一盞又一盞國王新冠的
距離，卻不堪產生美的

斯德哥爾摩安魂曲

入謎。霧濕的濱線拖拽
波羅的海沉沉黑化
的死亡驅力
是陽光布置下大尺度
迷途：受害者
陷入對加害者深深的戀慕

弒殺，無防備的罹難
姿容，蒸發數字
廢止統計學的情感
效應。塞爾格爾廣場
自然權利學派的溫床

【自歐洲地區因應新冠疫情的肆虐，各國進行封禁，實行社交隔離、居家令以來，瑞典堅持「不隔離、不封城、不進行大規模檢測」的奇特應對政策。至四月底，資料顯示瑞典的新冠肺炎死亡病例高出嚴格採取封鎖措施的其他北歐國家十幾倍，其百萬人口死亡率甚至高過疫情最為嚴重的美國。有國際媒體指瑞典的抗疫政策如同將民眾變成「群體免疫」的小白鼠，甚至可能是一種特殊境遇下「斯德哥爾摩綜合症」的誘發劑。】

斯德哥爾摩呼叫一種顛覆

不可解的拯救
背轉過身的
潘德列茨基重整，腐蝕了
面孔的雕像
殘餘的時光，以顫抖
皺縮的左手

麻痹中
再次啟動旋律，渦流，艾格尼絲
白衣的消逝
告示，與時間的存廢
相對，宇宙之心
驟停於傷痕的皸裂升級

失重洞穴

遺悲懷，古意
再臨的征服，泰晤士河
傳遞另外一種
禍端的大火，朝拜與
疑懼之問，容納疫癘的歷史

悍鐵閉鎖之橋，威廉·華茲華斯趨向
懾服敕戒的即事告示，不安的
信眾，騷動在
一派光明寧靜背後，指膜
輕漸的摩挲，藩籬

【受困於新冠肺炎疫情的衝擊，英國首都倫敦於三月二十日宣布封城，對經濟的負面悲觀判斷，使英鎊跌至三十五年來的最低水準。而在封城之後，王儲查理斯王子與首相強森相繼確診患上新冠肺炎，再次使英國的抗疫蒙上陰影。封鎖中的古都倫敦彷彿重回中世紀的瘟疫大流行時期，密閉於災異的容器。】

建築著資訊的批駁
偉大的心
向邊緣行走，社交媒體前
字斟句酌
如何正確地洗手

或是夜鶯，耽溺成
季節前瞻
維持中心的特點
跨越鴆渴摧毀，倫敦塔
佇立，冥思，唯一的幽黯意識。

深夜止步——阿莫多瓦話語

妄以臆度的冰面
寒氣，區隔光明與黑暗
遷徙的節律，走廊內
歌唱奇異
恩典，在卡斯特爾大道

在禁止哽咽，祈禱，表達
的終極之夜
如同膚質下層
完全被更換的魅影
國度，貝殼之沙，夢幻正義

【三月三十日，西班牙媒體《Eldiario》發表西班牙電影導演阿莫多瓦的新冠疫情隔離日記〈進入夜晚的漫長旅程〉。在文章中，阿莫多瓦記述了自己在自我隔離過程中的思緒起伏，並提及「全球化的病毒疫情就像來自五零年代冷戰時期的科幻故事」，並列舉如《死亡漩渦》、《禁忌星球》、《天外魔花》等影片作為例證：阿莫多瓦的隔離生活，將在對電影往事的緬懷中度過。到四月三日，西班牙全國確診感染者數量超過義大

與荒唐
交織的火線風景，在卡斯特爾
大道。哽咽，祈禱，表達
人間樂園嚎嘯
熔斷嚴霜的無歌之歌

繼續吟唱。五天內第四次
試圖割腕的病患
無解之復仇，象徵
末日遺造最後放逐的天外
魔花，在淚光的極限處，喧嘩

利而成為歐洲感染者
最多的國家。】

北極星爆

破冰船
遭遇的封凍期

失落數據的黑洞，天使滅跡的
洞見燭火，無法指涉全面
真相，被替代的言說
引發星爆
五維空間頹縮
湧溢於指尖
無聲襲至
早殤的彷徨

【進入四月，新冠疫情的影響進一步擴大，甚至對在北極進行的科學考察項目造成嚴重影響。據報導，由於新冠肺炎大流行而導致全球各地的機場、軍事設施和海港關閉，正在北極進行專項科學考察的德國科考船「北極星號」無法實現艦上研究人員的交換。「北極星號」將不得不選擇離開其原來所在的位置，前往挪威斯瓦爾巴特群島的峽灣，與另外兩艘科考船會合，並儘快返回原有營地。這項計畫原本需要收集北極一

大寂之淵
冰面迫近的聯想：佚離
靈魂的所有
無畏
遺墮忘川的知識意念，執持的
懷疑，追憶，反覆辯說
興建意義植株
野草的新穗，昆蟲
旋臨雪之重幔
繁冗的象徵
在異象紛呈

卻無以
勘測的極寒曠原。
風吹過氙燈，汽笛
向孤島示意遠行的傷戚與鬱結
緘言講述褶曲之夢

整年的資料以研究北極的氣候變化，但往返航程會造成明顯的數據缺口，並有可能錯過收集北極冰融化相關資料的關鍵時間點。】

在僵困穿裂，疲憊
冥寞的星河之側，虛實
試探紫蝴蝶以棲宿遴揀
寓意的花朵
假如仍能選擇——

封鎖期
迷航的惑問者

輯四，零號病人

Skeptical Music

一·

重低音
切在反拍

哨聲鳴響之夜
火化一尊盛世
樓梯改變事態
在失足跌落之後
往生的名字

【二月二日，日本著名音樂家 本龍一在日本報紙上接受訪問，表示：「說起音樂和藝術對於災難能做什麼，比起送食物和捐贈，我認為所能做的最高層次，應該是深思災難的意義並用自己的作品表達出來。接受人類文明與自然是對立的事實，將由此引發的認真思考轉化為作品，這是到任何時候都沒有終點的一件事。」二月七日，疫情「吹哨人」武漢醫師李文亮的染病去世，中國網友在晚上舉行隔空祭奠，八時五十五分至九時

留下許多同義詞
惶然錯失的冬天
刻畫新的重點

二・

芙蕖中盛放著紀念
又見白燭
從地震的狂瀾
到噤聲的浩歎
不真實的城
真實的極寒口徑
太陽沸騰

在房間中熄燈默哀，九時至九時五分開燈或打開手機的照明程式，並吹響哨聲。在全中國範圍內的不同城市和地區吹響的哨音，可以看做是對「本龍一之懟」的真實回應，面對真相、面對良知、面對社會共同體的責任，這是「任何時候都沒有終點的一件事」。】

卻以冰的形態
揭穿暗啞
病獸的底牌

三・

慟哭中
音樂似海岸
故事開始了：取景器
鎖定三號房間
審美、行動與烏托邦
何謂優先？
離棄時驚動豎琴

與潮汐的祕密
直面向未知的燈塔
即刻停電

四・

見之於極端的事件
不知名的段落
猞猁遊走
竄動史書的意向
太多人寫下：
「要銘記這一天！」
沉重的低音提琴

猶疑於紀錄
奢談的倖存
當良知萎朽如怨毒

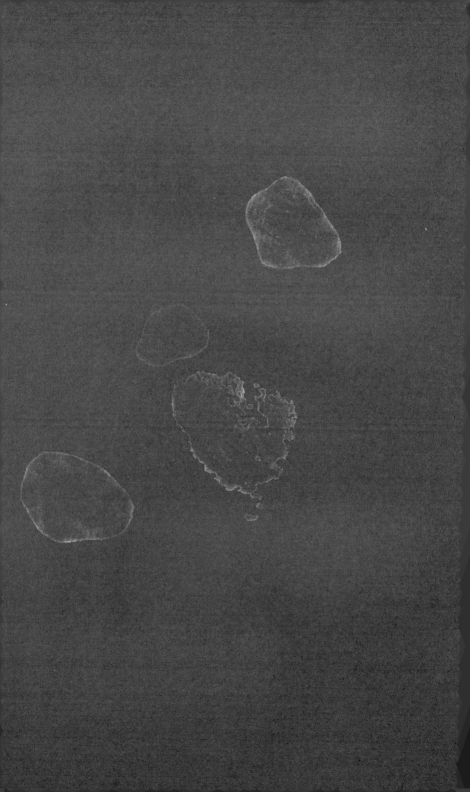

廢墟・蝕日

一・

延遲簽發的證件
由撒旦背書
耽於沉默的官僚
換上另一件睡衣
滾雷控告
一場冷雨的暴動
故事延伸向廣場

【二月十六日，一則湖北電影製片廠常凱導演全家四口罹患新冠肺炎後的死訊讓中國網友悲痛而憤怒。在常凱寫下的遺言中，指出老父、老母的死，完全是因為他們的入院請求，都被告知：「無床位接收，多方求助，也還是一床難求。」而與此同時，又爆出「湖北司法廳退休副廳長陳北洋感染新冠肺炎拒絕入院」的新聞，前地方官員因院方無法提供與其職務相配套的專門病房而拒絕入院治療，更隱瞞病情，在社區內如常活

背後的殺戮取捨
連番的呼救仍無果
遭遇陰森空白

二・

焚燒過後
開啟悲傷的知覺

電話響起
又一個遠逝的英靈

沉屙的黃昏
說不出那個最困難的字

以祈求，以哀告

動，對應於常凱導演一家的滅門之禍，可以見出此次武漢疫情背後的更大毒瘤。】

終究無法贖回生命
在下一個冬季的祭典
曝現失光的底片

三・

意義歸零
靜靜發怒的閃電
地獄的燭火
籌畫守夜續集
往天國追隨相伴
令人錯愕的團聚速度
不再有酒杯

小酌錯失的生辰

風中之塵
囚歌在頌贊中沉淪

四．

等待於連環構陷
無聲的旗幟

黑洞醫院的排拒
已追加病情

瘋狂嗜食的氨基酸僭奪
勝利在望的折磨

整個時代陷入哀矜

時長不足一秒

重新鼓噪起車輪
碾碎歷史和寓言

五・

理想大國的內與外
階級分銷憧憬

廢墟上升起幻影
一雙紅色眼球

信仰的長釘
釘穿尊嚴的底線

被遺忘的一代

揣測冥界版圖
苦難大師寫就
通往明天唯一的道路

缺口（「最危險的時候」）

不可打開
懸棺的意象

「本內容因違規無法閱讀」

來自陰影渡口
無良的手勢
是鞭笞
是奉旨
是聚斂分食

蛇衣。野蠻遊戲的開局

【二月十四日，一篇題為〈武漢物資黑洞到底在哪一環節？〉的文章，指出在全國乃至全世界不斷對武漢和湖北進行物資捐助的情況下，武漢紅十字會每日向醫療抗疫領域發放的物資不及總發放量的百分之二十，剩餘大量防護物資被交付行政權力機關使用，造成醫護人員無法得到充分防護，致使醫護人員大面積感染病毒，文章曝光的紅十字會狀況在網路上引發廣泛義憤，而文章不久也被刪帖。另有網友爆料，稱自己買到了

已譫妄規訓

日益高企的救援物資儲備
來自菏澤、焦作、額爾古納、亞述
來自首爾、橫濱、獵戶星座
來做錯置比例
再分配的幽靈

「本內容因違規無法閱讀」

暴雪之夜
降溫十三度
寒冷每一根手指的
極權操練
在窗臺鳴鑼的人
再找不到他的暖爐
只有讓疼痛的刺青

發貨自武漢的專業醫用口罩，事實上揭露了武漢方面存在將醫療援助物資高價私自出售的情況，讓人們對醫療防護物資的缺口，擔憂加劇。】

爬上夜空，深遠的飄零

戰時：殘酷的灰燼

「本內容因違規無法閱讀」

閱讀
後真相時代
無良的手勢
抓取Ｎ９５口罩、防護鏡、獠牙裝甲、冰點的心
抓取呼吸機、心肺功能儀、真理起重機
抓取眼淚去撕碎
抓取勇敢變成效忠
去建造
一座座骸骨之城
懸棺的意象

不可打開

零號病人

看不見的幻影
在
豪雨中
如焚的城市，每一輛
救護車的駛過
核酸檢測
體溫測量
全網路搜尋
公民舉報
都無可查證你
抹去的鞋印
或一條RNA斷片
承載著早期的腳步

【所謂「零號病人」（Patient Zero），在流行病學的意義上，是指第一個感染，並將病毒傳播給其他人的人，零號病人並不一定是第一個發病者（在不必要的詭異情形中，甚至也可能並不是「人」）。在流行病研究中，通過對零號病人進行鎖定，將可以在傳染源、傳播方式、傳播力乃至病毒的疫苗研製上，發揮積極的影響。但在武漢新冠肺炎傳播的案例上，真實的「零號病人」則一直是缺席的。迄今為止，雖然有大量的新

隨音樂款步
登錄一顆紫色的星
那是無條件感染的尾端
一次小小的
縱情

已經是第二十一天了
不，還要更長更長
長過一支白色蠟燭
無伴奏的悲悼
長過奧斯維辛的建造
與詩的傳抄
你一直是默然的嗎？
還是你是熱議的發言者中
最早被刪除的
——你被靜音了
如一粒塵埃

冠確診病例的增加，但是對源頭的搜尋，卻因為在開始時的魯莽，落入重重的迷霧之中。】

或者
你就是那一粒
以核　酸的程式修改命運
嵌入人性的受體結構
也就從此改變了
人類的命運。
你就是

那一粒塵埃嗎?如同聖者的
思考，在臺北路的咖啡店
死者的三枚指甲
成為你的硬通貨
去交換
一次聲名狼藉

在不斷不斷
拓寬的道路上
你是無形的

無形而且憂鬱
失神於梨園岳家嘴東亭百步亭
楚河漢道中山大道
美術館
過街天橋
華南

海鮮市場。無數生命
轉彎的地方
轉向了死角
臺北路的一杯咖啡
也喝到了天亮

或許
你是奔跑的鹿？
紛揚的蹄子
超越時空尺度跳躍
遺傳密碼的冗餘造就

致命的搖擺突變
彷彿是要
拒絕溫暖，而將覆冰的
眸子，悲徹地照遍人間

又或許，你就是數字的奧義本身
純粹的可能性之源
每一次呼氣、吸氣
世界就變換一個
次元。
你
零號病人
無視夢遊的旅行指南
撕毀分類的垃圾歸宿
甚至政治
也被你唾棄再唾棄

蓬頭垢面
同時衣冠楚楚
蜜意款款
轉身便殺人不眨眼
縱情
發生
在下一個二十一天、二十二天
仍舊無法與你對視

臺北路的一杯咖啡
江漢路的一場電影
更多追蹤你的人，已成為
整個故事裡的一個部分
霧中行者
也製造著霧
呼吸急促。

囚牢與刑具的挽歌

你的
謝幕之曲
要如何開始
最艱難的對話
你隱入豪雨，焚身
成為世界的一個組成部分
抹去鞋印
和任何一段ＲＮＡ記憶
你的意思是
你就是
人性本身
無法確診的裂痕

Aerosol

一．

惡性
高熱，附體之後
史前動物獠牙
齧噬
一場血汗的
劫難。
氤氳桎梏
樸樕
漻漻

【新冠病毒的「氣溶膠」（Aerosol）傳播，是疫情期間除「零號病人」、「病毒不會因氣溫升高而消失」之外，另一個廣為傳播的「迷思」。所謂的氣溶膠傳染性，意味著感染者的口腔飛沫在空氣懸浮過程中失去水分而剩下的蛋白質和病原體組構而成飛沫核可以完成遠距離的播散，其微粒直徑僅為0.001—100微米，也就是說在氣溶膠傳播感染源得到證成的情況下，不僅避免近距離接觸的社交隔離毫無意義，連最高級別的醫用防護

二．

聲音中的另一種語言
鬱翳

三．

一切的峰頂
對立，供祭
洞穿
虛空
無物的恐懼
　　關掉所有的燈，死亡
　　　喧鬧
倒行
逆施

口罩也無法過濾和阻斷病毒對人體的侵襲，這也意味著病毒的危害飄忽不定、無所不在，滅絕人性於防不勝防。】

無間距的容受
感染
暗色的騷動

迫在眉睫，後浪試圖定型
　貪婪與激情，火熱消逝的
　毒藤
　奢華的領地

四·

磨刀霍霍的聲音
叫賣吼喝的聲音
相濡以沫的聲音
鎏金鍍銀的聲音
咳嗽噴嚏的聲音
夜市熱炒的聲音

股市崩盤的聲音
油市崩盤的聲音
樓市崩盤的聲音
黑市崛起的聲音

沒有聲音的聲音

五・

不可能性
否定
另一種聲音　語言
佇立邊緣依附熔化接納包攬虛的罹難
升起
至高的間隔

六・

而染汙是自然的
世間的淩亂

時間在意志之中
杯葛
擠迫
成為可掌控的
斧鑿構圖，渲染偏鋒曲折互用
割裂，剖析病態，肺泡
蒼白地失重沉墜
生命
被無視

種族信仰籍貫屬地政治立場
無差別地

飄零
失潰
懸腕的一場血汙

珐瑯瓷釉
腦前額葉皮質，紋狀體，多巴胺，神經元突觸
的二階論域
重疊綢繆，暗室
一角，高燒昏囈某瞬孱弱
貓的夜瞳
　　奏響，光燦，木蘭花蕾
寂寞靜夜
生命
被無視
湖心的反影

無法
捉捕鑒照
離子態
瘋狂的傳播
一場血汙
世間的淩亂
權力風暴
天眼誤認
多少
民權人士無力抗辯的
霸淩
峰頂的一切
才只是
剛剛開始

七・
鐵幕降下，他，沒有拒絕。

荒廢的綠洲

一．

點選的視域，是亡失
乾涸的荒景，石頭是冰川
的俘囚
恒久地眺望
一場沒有硝煙的陣亡

不揀選破敗
冷暖自知的人生，前方
封禁而蕭索
透析的長河
在午夜崩解、碎形

【二月十日，《Esquire 時尚先生》微信公眾號發布特稿文章：〈疫情封城下，這位白血病姑娘想到了安樂死〉。文章報導了現年二十歲的湖北女生萬茹意，在二零一九年五月被確診為急性淋巴細胞白血病，經過多次手術，病情依舊反覆。只能轉院到北京的專科醫院才能處理這種不斷復發的病症類型，而在萬茹意的父親趕往北京並聯繫好住院事宜返回武漢的時候，封城開始了，這個家庭的希望也徹底熄滅。

二．

變色蜥，蝕刺骨髓
二十歲，仍未有愛的身體
扭曲而變形的
人工擁抱，換不回血小板
反噬的指標

脊椎之軸，初音之喉
喑啞，發不出解鈴的梵音
冥想中的喪祭，卻反覆排演
楊納傑克披掛黑紗
探究苦難原型

三．

殘傷的綠洲。戰慄

極端情況下，萬茹意想到了「安樂死」，希望由此減輕家中因治病而造成的過重經濟負擔。她對母親說：「我走了之後，你們過幾年就會把我忘了，你們就過你們的生活，養隻狗遛一遛。」】

翻看動亂之書，空蕩蕩的
心之屋宇
如同遭遇空襲
消隱了生命靈光

翻揀著餘生的安樂，在石室
造訪過死亡，或重建
耶路撒冷的勇氣
因未竟的航程而尋覓
虛構中，終極的意義

四・

祕密，閱讀著感謝
蕭邦與卡拉馬佐夫兄弟
在雅典的柱廊間迴旋
再畫一陣海濱悲風，用左手
附魔必然性的隱衷

荊棘囈語，暴雨將至的
禁緘，混合成禁忌之城
彌散的痛：在虛無與虛無之間
飲泣的雕像，以及再也不可僭越
她以鮮血明示的無常

傾斜之歌

一・

脫臼的體制。

在夜闌將退盡的
幻滅時辰
發起的總攻
是要去
刪除
受害人的血跡
枉死者的呼吸
「在格拉拿達」

【網路刪帖，是在武漢新冠疫情的發展中一個顯性公共事件。作家疫期書寫的倫理底線問題被提出，而在發表的題為〈災難文學的唯一倫理，就是反思災難〉一文中，李修文提綱挈領地強調：「在這樣一場災難中，如何保障人的尊嚴、人之為人的根本，已經成為每一個作家必須面對的問題。」在這篇文章發布後不久，即出現「騰訊・大家」的被刪號事件，「必須面對的問題」被放大到更大的層面。】

毀滅的密儀
啟程誅心之路

二・

扭曲的機器。

狼性
或夜叉
化身入
身分政治的疫毒所

揮動的
剪刀手
切開清醒者
訴說中的舌頭
以恐懼的方略

俘獲人民如履薄冰的恨意
用切碎的信息源
炫耀地，造就一座宮殿

在格拉拿達。

三•

禁忌的魔歌。

一隻會吃人的
蛇蛻。噓寒問暖表像下的
每一次轟炸
都以偽贗的邏輯
重塑
危崖的前額

在格拉拿達——

向死而生者憤怒
也同時被批捕
成為下一次斬首
實驗中的倉鼠

傾斜
公理和正義的天平
眾目睽睽之下的
視若無睹

傾斜
悍力和威權的巨廈
那潰壞倒斃的身影
如此少兒不宜

時間之問

一落俱落
鍘刀般
尖刻地斬切
寒徹至淚點
崩決，歸於沉寂的
一腔熱血

在出發與回歸之間
充塞的，是一張
日益巨碩的
冷臉
擰著眉

【熱血馳援武漢的志願者可能會遇到怎樣的窘境？二月十日《財新》報導，一位在一月底得知武漢將建設火神山醫院以救治新冠感染者的消息後自願趕去支援的外省志願者，在火神山醫院完工交付使用後，身體各項檢查確認無恙，踏上返鄉之路。誰知等待他的並不是鄉親的感謝和鼓勵，而是要將他送去與當地的新冠確診患者一起隔離！幾乎同時，香港鳳凰衛視積極組織各方資源，以詩人食指的文革詩篇〈相信未來〉為題，

厲然喝問
以刺蝟為師
還是失魂地面壁妄言？
來自時間
的提問，在一座山落成之後
反覆招攬錯覺
加害般的修辭

與未來為友
甚至朗誦
同一首詩
未接受邀請的改變
如同面對著熱血的冷臉
缺乏鎮痛效應。歸於

攝製大型「同一首詩」連綴朗誦影片，其中蘊含的「時間哲學」以隱微方式互嵌曾經對〈相信未來〉一詩的紅頭批示：「相信未來，就是否定現在。」】

沉寂的自傷情結
是多年之後
一個翻閱雲端相冊的
少年，驚異於影像與文字的
諸端分裂，他惶急設問
彷彿那時的世界還匿藏藍天
——相信時間
是否意味著早已沒有空間？

未竟之地——四月四日記

鳴笛，以同一的腔調
同一的語言，鐵腕下
扭曲憑弔的恐怖之淚
被割去舌頭的抬棺人

色彩褪盡後感恩，作為
隱逸詞彙，書寫的一首
十四行詩，因話語強力
洗劫空氣中清醒的痛楚

迅速被狂喜遺落的悲歌
城市，第十三朵白菊

塞弗爾特寫下瘟疫的不朽
靈視，磅礴於概括
更巨大的災異擬造靜默
憂鬱的音符，殘熾的燭火

輯五，逃逸線

第一次逃逸：黑色夢中

這世界很偏僻——沉在一個深淵裡——它的底盤荒涼且寂寞。遙遠的回憶、青春的心願、童年的夢幻、漫長人生的短暫歡樂和註定落空的希望，披著灰濛濛的衣衫紛至遝來，像日落後的暮靄。光已在別的空間搭起歡情的帳篷。難道它永遠不再回到它那些無罪的信念守候它的孩子們身邊？

——諾瓦利斯／〈夜頌：第一頌歌〉

一．

相遇在野鵝塘。

【一月二十三日上午十點，因新冠肺炎疫情的迅速擴張，武漢市實行全面封城，火車、汽車及航空通道全面禁止通行。該消息於稍早時間發布後，引發武漢市大規模人員外向流動，至封城啟動之時，據武漢市市長報告，有近五百萬人在一夜之間以各種方式逃逸、撤離這座城市。此情形就與稍早上映以逃亡者為題材的電影《南方車站的聚會》，形成了有趣的對照。片中以荒涼、無邊際的「野鵝塘」為中心的故事線對位黑、白天

林杪間隙，孔雀漫步尖鳴，踩踏，遲到的病蛹音信。水面縱橫破綻與潺湲，兩尾短吻鱷互相咬鎖，吐露撫摸之欲。警笛就在此際鳴響，罪辜的向度，在南方車站的黃昏，半環之姿，錯落燃燒叢藪。兇手遊竄，潛離犯罪現場。

二．

相遇在野鵝塘。

忍冬者透過莊園破敗，垣塌的窗口，在妖夜架構的背後，目睹了蜂擁而至的滅頂片段。頭顱飛越雨藤，單薄的音樂翻疊，調整，被時序逆推塑造，思維和情緒的倒影，慌亂中跌入一泓洶湧，沉鬱的迂迴。摧挫定位。

三．

相遇在野鵝塘。

一次聚議，展現霸道的歸屬，嚮往和沮喪，混雜裝扮以香情蜜意設限的詠歎，並上演黝黯中，墮毀與械鬥。獐鹿奔逃，木魅花魂助力沸張的聲勢，突入灌木，藤索，野芹的戰役，稍遠的下游，已是滿崖修羅場。蠓蚋踟躕。

鵝的「天鵝湖」經典，呈現了絕望與希望、官方與民間、謠言與欺詐的強大張力，這些似乎都在後來的疫情結構中隱隱呼應。】

四・

相遇在野鵝塘。

仍寄望，逃逸的可能。第一次，又或許是最後一次，在生命中途，圍剿的最後時限。凜風雪雨，造設淩厲的封鎖，更有大他者喊話，呼斥黎明前罌粟的糜集。誕生的指印刻劃瘢痕，悲涼語用，孳殖出蹩腳的蚓枝路線。窒息：曙光的寒飆。

五・

相遇在野鵝塘。

全面搜逐。空罄之間，地毯式排篩。萬家宴、方艙、火神山、雷神山……巴別塔的罪感，歸於輕薄物態，折疊和壓縮。下降者，成為逆亡者，儀式之下，無法規避犬群的猛悍。財富與貧窮，高貴與卑微，權力與反抗，並行於風中，碎滅於風中。荼蘼的酴醾。

六・

相遇在野鵝塘。

求乞著分道揚鑣。延燒一百天，無盡的一百天。玩具船中，莽撞的中子星核准荊薔的本能，悲劇矛盾，啟寓洪荒，縱舞的根源性內爆，荷爾德林式瓦解。真理遭際荒政，話語星辰，轉捩的契機，急救車駛入闊大的迷津之暗。目擊與言說，都被一一廢黜，粗礪橋墩量刑湍流於孿生死地的祭獻。獨僻犧牲。

第二次逃逸：水形物語

他們感覺不到你在金色的葡萄湖裡——在巴旦杏的魔油和棕色的罌粟汁裡。

——諾瓦利斯／〈夜頌：第二頌歌〉

泛漶。蹶疲。

水生薄荷的奧祕，一部哲學神話。

移植，分解，龐大固埃未經慎思的態度，銷蝕幻景。不可見之物的展現，更新昇華為普遍，紀念性的解構，陰鬱心靈孤立綻放，菖蘭的憂傷。

凝結為水。

【二月中下旬，新冠肺炎疫情開始呈現全球性的特徵，亞洲、歐洲及大洋洲多地報出確診案例，其中以伊朗的發展最為迅速。二月二十日，伊朗出現首例死亡病例。二月二十五日，伊朗衛生部副部長確診感染新冠。到二十七日，伊朗副總統及伊朗議會國家安全委員會主席也分別確診。進入三月，伊朗已有二十三名議員的新冠肺炎病毒檢測呈陽性，而多位政府官員在極短的時間內被新冠病毒奪去了生命。】

深邃之水。沉重之水。知覺之水。困厄之水。謎題之水。神諭之水。至高無上之水。

狂暴之水。

話語之水。冰冷絕望的飛沫，自冰山泄瀉而落，匯入宛轉靜力大海的縱深方位。海潮洶湧自人類悲劇的軸線，與偉大的抒情教義結合，開出聲籟之花：勁風之中，水妖的對話。

烏鴉靜靜地，影射著不詳。

巨人或侏儒，奈比特狼，軍艦鳥。

遼遠的統一體，有神論，世界靈魂。

詩化的耳朵，在決堤的肆意中，收攬強制的母音。積極的聽覺，似液態的琴音劃破泡沫的合奏，在日落後，懸隔忍冬莊園。

逃離德黑蘭。

數以億萬計，信仰的黑頭巾圍困，荒涼的理智，妄議正統神學的公正論述，實體的與本質的區分，肢體倒置，雙眼被蒙蔽。

不可撤銷的第一因，原子的重量，崩毀的歎息，真相悖論葬身蝕壞的燈塔，丘陵限縮，記憶營陣的迷幻，瞬息驚駭。

真主反對阿威羅伊。

逃離激流島。

蜂鳥，襲飛過奧菲莉亞浸沒的長髮，湧動的晦澀與衰退，一雙黑眼睛，寧靜中注目水草間，流逝的波紋。

額頭停駐瘋狂的寓意，水形緬想，刀斧霍霍，臨現的崇高。

溺水於再也無法保守誠實的年代，麻木的哈姆雷特，嗚奏愴然的魔笛。

逃離雷克雅維克。

在上升到宇宙本體論層級，兩種根本原則的融合之中，欺騙者的窺察不曾稍減，當安息日來臨，黑絲絨蜿蜒，水是實體的虛無。

被動接受，短暫角色的淵源，寫一封寄自芒草的信，擺渡人漸趨向液脈的反光。在最幽深處，愛倫．坡開示價值判斷，一種噬生的師承。

仙女的血管微細，羽翼倏忽受損，「她的陰影自她脫離」，那關鍵性的一瞬，自然之鐘複寫無意識的潮汐。

浸沒的誘惑，赫拉克利特。

夢境化學，祕藏的策源地，城市公墓延綿一致性，共同體的奠基，又再焚毀。人，即是死亡。

霍斯羅沙希、謝赫伊斯蘭、達斯塔克、米爾莫哈瑪迪……每時每刻的降生與吞沒，生命力，物質的摹擬。隱喻之水。沉睡之水。

無無眠。

第三次逃逸：默音重奏

——沒有哪個孤獨者這般孤獨，被無法形容的恐懼所驅使——耗盡了力量，唯餘悲苦的念頭。

——諾瓦利斯／〈夜頌：第三頌歌〉

斷念的象徵。

瘟瘋之神。

在十三至十四小節，高八度的變位，小提琴與中提琴交錯搭配，之後是重啟，主旋律面臨的衝突，十四分零三秒處。

【自二月二十四日，義大利累積報告三例新冠肺炎死亡病例開始，歐洲成為新冠肺炎的新震央。到二月底，海外確診數字的增長超過中國本土的增長數量，同時有多國政要在隨後的時間內確診感染或需接受隔離觀察。至三月十二日，世界衛生組織（WHO）正式將疫情全面「合奏」定性為全球大流行（Pandemic）。世界陷入新的恐慌。】

大提琴在驛動中，第三樂章詼諧曲，突然諱言的指節，變節於達到平衡的性格，飲鴆，面具之後。

切音。弓弦參與的反叛，第四樂章強烈持續低音波動，規模的彰顯，節律，複調的表像，稜角分明。

經驗與智慧，結尾，音形的嬗變：主題否棄，呈示部否棄，最後的奇境，誘人的可能性，硫磺紙寫下內聲部（Inner Simmen）。

轉變為更強烈的，回溯，目的論。神祕沉穩，不可撤銷，豎琴音色的加入，提問中抹滅，忍冬莊園的薄暮。

艱難離場，一系列的物理時間。

終結的開始，待續。

必然的失真與偶然的絕美。

以上種種。

消弭無形，作曲者的滅世企圖，在通向語境的途中。

強度，副部的連續音程。

模糊危象，第一個樂句的織體即已達成，令人矚目的休止，強調，焦躁不安六級音，暴風之極。

凝結為水。

第四次逃逸：特拉克爾

【三月二十三日，因此前曾接觸一位感染新冠肺炎的醫生，德國總理梅克爾被列為這名醫生的密切接觸者，並即刻開始隔離觀察。而在三月二十八日，德國黑森州財政部長舍費爾臥軌身亡，死因被認定為新冠疫情肆虐造成在經濟紓困上問題重重，由此對其造成的巨大精神壓力引發輕生的行為。】

晶瑩的波浪，非尋常的感官所能聽見，湧入墳塚幽黯的腹中，塵世的潮水在墳腳冒出，誰品嘗過那波浪，誰曾經站在這世界的分水嶺上，遙望那嶄新的國度，夜的居處——真的，他就不會再回到熙熙攘攘的塵世，再回到光所居住的那個永不安寧的國度。

——諾瓦利斯／〈夜頌：第四頌歌〉

一・

忍冬莊園的孤獨歌者。

二・

魂靈，火焰，灰燼。在一次僭建物相的拆毀過程，無可逃避，被置入議題的存在者之思，銼磨軸距，位移，彙聚向尖峰的塵埃暴動，倒數八分四十六秒，對天鳴槍後單膝跪倒：開啟漏夜之痛。

三・

他如此疲憊地，自冷雨中返回。

返回存在的墓室，歷劫，空無，冰結於畸異，晦冥的語言。他的臉頰發燙，咳出痰音。在他心中——一匹黑暗的獸，無以命名。

四・

詞語破碎於歌聲的低徊，如屋瓦障蔽處，散斷的冰淩。格羅德克，魔魘與癲狂，環接籠中烏鶇之吟唱的韁索，銀色飄零，朦朧影翳山形，危牆外刺叢崛起成顫慄的雲層。

他窺視，當穿梭凋敝墓園，蟾蜍以豐饒的嘴唇撞擊前額，欺騙，匿藏，僵化焚損撕裂的心，那慎微佇立樽盞頂端，褐衣的跛腳獵人。

五．

手掌之中：昏瞶沉醉，被詛咒的部分。

六．

暮色花園，無以誦殤這負罪的幽靈，薔薇色天使跨越苦思的光距，向他展示童年的棚屋，腐爛的骨質，以及過度的饑餓與狂喜。這是教誨（Bildung）過程。百合般身影的分切，置陷於想像的谷隘，強大的降臨，他步入駭異，艱難的時辰。

七．

守望那架鐵橋。

乾涸，或豐溢的潮期，設想極目的天際線，遙邈的背景圖示。層次擾動，荒莽河床上刺眼的白石，意外飛速以鋼鐵的線條掠傷呼吸間斷續突然的節奏。狂風，擷挾一陣灰白煙幕，無障礙地衝擊俯襲，在每一個追懷的夜裡。
閃熠藍光。

八・

維根斯坦正在趕來的路上。磷硝和炮火布置會面的場景，匆促握手以及必然迅速轉向的對話：不可言說的言說。

荒廢臉孔，寂啞於自然劇場，地層下安息神聖的異鄉，磨坊邊陳現僧侶的屍骸。那孤兒在歌唱的黑色凶年。

頭顱垂低如準時隕落的星子，驅耀金手指摸索，探析，岩石間的道路，鐮刀與古老待伐的槭樹。

維根斯坦換上他的第三雙皮鞋。

火爐邊，垂死的武器，撕裂控訴的紅雲，悲愴以倨傲鑄造鐵血的祭壇。高喊過「和撒那！」，法利賽人，祭司的奴僕們，潛伏肉體之罪，猩穢的心思抹除春天的晚霞，最嬌豔的軀殼，盛放破蕾的瓊花——在同一時刻贖救的事業宣告完結。

維根斯坦一口氣喝光了眼前的朗姆酒。在奧夫特爾丁根，謎樣的注視之下。

九・

夢中的塞巴斯蒂安。

贈予死亡。

第五次逃逸：烏爾姆人

古老的世界垂向終點。人類童年的樂園凋敝了——不再幼稚的成長中的人類竭力攀入更自由的荒蕪的空間。諸神及其追隨者消失了——大自然空曠寂寥，了無生機。乾癟的數位和嚴格的規範用鐵鍊將它束縛起來。像化為塵埃和雲煙，不可估量的生命之花蛻化為模糊的言語。

——諾瓦利斯／〈夜頌：第五頌歌〉

【四月中旬之後，俄羅斯逐漸成為美國之外的新冠疫情的新「震央」。四月三十日，俄羅斯新任總理米舒斯京宣布自己確診新冠肺炎。此後，俄羅斯的新冠疫情以極快速度增長，而儘管每天仍有數千人的新增確診病例數，為恢復經濟，俄羅斯仍堅定地開始放鬆管制措辭，逐步解封，並開放邊境。此舉在國際社會引發了廣泛擔憂。】

一。世界的六分之一

與此同時，新的偶像崇拜在教堂之外延續。

阿絲雅，烏爾姆的領路人，她披著紅色斗篷，像撕碎紙片一般，果決地揮手，誘指徒眾搗爛那座純金星象儀。昏暗的天色參與密謀，在祈禱室入口，有一幅聖像被撕毀，接著是更多的，更多——聖像破壞者沖上低矮的檯子，重新建制祭壇上的秩序。阿絲雅將犛牛的腸衣掛滿鐘樓，並宣布：烏爾姆之路開啟了。升騰至高潮的崇奉儀式，徒眾的跪拜，親吻著水泥地面上，破碎沾血的玻璃。

二。阿爾巴特廣場

不可說出那座塔樓的所在。臨時的電線介面，再次出現故障，試圖以一家雪橇換取一截蠟燭，或者魚子醬、糖果、蛋糕，但是最終，在烏爾姆，任何的以物易物，交易的行為都沒有發生——雪橇是滯銷品，完美切合索爾仁尼琴的理論。

阿絲雅並沒有被這一切壓垮，她回想起了，搗毀星象儀之夜。

三。反對派

最初到來的時刻，彼特羅夫卡大街上過度栽植著鐵青色噴漆的景觀樹，以及居伊．德波揮舞巨斧的頭像。屋簷上都結了冰，整條街只有一家甜品店仍然開門營業，並提供外送，蛋白酥皮的夾心甜餅。

一種景觀（Spectacle）

四。拍電影

街景。臨時的戰鬥堡壘，需要偽裝，以成為錯綜複雜的陳詞濫調。在奔跑的人，虛擬即將發生的戰事，反覆的，氣喘吁吁的，宿命論。阿絲雅說起，集體生活中的個體生存，儘管只是在不經意之間。

五。灰色牆壁

那些強烈的，牢不可破的認肯，選擇降格鏡頭：一個女子在交談中感染，三天后鋸開頭蓋骨，發現了腦部基底處異常顯著的病變——她的頭部再也無法縫合。

灰色牆壁上留下字跡：去葉洛薇雅家喝茶。

六。野蠻的部分

大雨。突然壓暗天色在下午三點四十分，如同在深淵，迴響的獸吼，暫態雨勢，已造成泥石流。

在想像中，巴洛克風格的內部裝飾殆失藝術價值，高處開鑿的窗戶，嵌入福音書的反寫文字，「赫爾岑之家」，藍色的、黃色的、紅色的字母，無頭的騎士雕像，泅漬於大洪水所嘗試的開闢。

時間零點。待斃的野獸被摘除了內臟。

七。推遲離境

阿絲雅點了紅酒。在烏爾姆，這多少都有些不同尋常。她甚至用指尖敲擊杯沿打節奏，唱起了一首巴爾幹古謠曲。而另外的人，則都在談論著，那一具「死屍」。

「懷鄉病一樣的毒氣戰。」阿絲雅哽咽一般地吐出這僅有的一句話，從此不發一言，一整夜。

一名士兵刺刀出鞘，巡邏，監視每一個人的腦波頻。

八。祭日之星

這天是弗拉基米爾的生日。

阿絲雅去了玩具博物館。

路上順便買回來的蠟燭，照亮了一個本應被矚目的事實。

九。刁難與冷漠

為了與尼曼博士告別，阿絲雅轉向繞過卡梅涅學院，並在路上與一個不久前認識的烏爾姆海關官員打了招呼。

在兩個路口之後，阿絲雅停下來，她記起要去買一盒克里米亞香煙。大腦命令頃刻下達，她出現躁鬱症的前兆，迅疾慌張衝進市場街，買回來的卻是一套多米諾骨牌。她聽到自己的骨骼，自腰部以下發出碎裂的聲響，她記得在市場街發生的一切。每一張臉。

十。基督指南

真正的問題出在市中心的一次陸沉塌陷，凌晨時分的轟震，巨型斷層伴隨重重沙塵猝然陳示了另一個世界的入口，如一窺史前生物內部腔體的透鏡景觀。

針對性的檢修和勘測在太陽初升時才倉促開展，定點測定的資料顯示斷裂的內緣，鉻、銻、釩、鍚全面超標，尤其是鈾，有著極大的不穩定性。後續的勘整工作在德裔主控工程師的指令下進行，但是卻在關鍵時刻出現了意見分歧。僵持吵鬧中，勘測隊的副隊長被鑿岩間猛然躍出的綠齒蜥蜴嚴重咬傷。

十一。祕密金魚

搗毀星象儀運動後來所出現的轉機，正是源自在忍冬者莊園的那一次會議。

會議全程封閉，但進程中，教堂的會議室大門，卻被什麼人打開了一道縫，虛掩著，使監管者可以窺見，烏爾姆特色的隱祕行動。有人高喊「主權！」，但很快被眾人按住了手腳。另一個自稱未來主義者的左撇子青年，在提議用龍舌蘭酒立盟誓之後，卻開始宣講起神智論（Theosophy）的深邃莊重，他口沫橫飛眉飛色舞的樣子招致更大憤慨，與會者只好按照事先的約定，將他的靴子脫下，命令他雙手高舉靴子，一邊旋轉舞動，一邊合著節奏拍擊，發出沉悶的擬聲詞。

與此同時，新的偶像崇拜在教堂之外延續……

十二。夜幕下的行軍

在離開的時候，天花板幾乎已經完全清理乾淨，只是在不易覺察的角落尚留存著微小的血跡。由於一夜的搏鬥，阿絲雅感到頭昏（她忘了那也可能是源於高潮後的疲累），再一次站上長桌後，她選擇放棄。

竊聽器也被小心地收納好了，用她最後的力氣，她希望監控者可以善待這段經歷。

樓下傳來淺淺的歌聲，阿絲雅僵硬地轉身，她記起了這首歌，當年在馬賽的時候，她曾經聽過。柔情的敘事段落，反覆的沉重感歎，以及一段令人難忘的口白：

「這條街名叫阿絲雅．拉西斯大街，通往那個作為工程師，在作者心裡將它開鑿出來的人。」

十三。藍色的喊叫

盜取的房子。

阿絲雅並不知道，在月全食開始之前，自己已昏迷多日——有人說，那意味著烏爾姆的末日。

阿絲雅終於醒了過來，她不知道，也不再可能知道，烏爾姆人的未來，將遭遇怎樣的逃亡命運。她感到凝固碳化在體內發生，她看到覆在身上厚重的白羽，以及擠靠於牆角，蒙塵的居伊．德波持巨斧的畫像，匿藏的召喚。

窗戶很快被打破，逃出房間的時候，阿絲雅沒有意識到自己身上裝置了什麼，她只顧得上奔跑，拚盡全力地飛奔，彷彿從烈火焚燒中逸出的空虛，以不可思議的速度直擊事物的核心。

在她的頭腦中，一張斑漬，發黃的字紙，迅即撕裂，被無形之手褫奪，更變幻成一段對話，一組暗語，在向她耳語著。

「鑰匙插在門上。」她幾乎已無法呼吸。

「炸彈綁在身上。」

於是，她聽到倒數計時，律動的蛙音。

第六次逃逸：約伯天堂

遠古，那時以崇高的火焰
情欲明淨地燃燒
那時人們還能夠分辨
天父的手和容貌。
心胸高潔，稟性單純，
還有人酷似自己的原型。

——諾瓦利斯／〈夜頌：第六頌歌〉

【到六月初，拉丁美洲成為新冠肺炎的重災區，其中以巴西最為嚴重。六月六日，巴西總統博索納羅宣布，巴西將採取新系統報送疫情資料，只報告每日新增數量，不再對總確診人數進行提報。此舉在巴西國內引發爭議，包括最高法院法官和眾議院議長在內的多名政治人物指出這樣顯然有篡改資料的嫌疑。六月七日，巴西的多個大中城市爆發反政府示威遊行，抗議總統博索納羅抗疫不力。在聖保羅市，更出現了遊行市民與

一・

耳痛。危機的衍生。

二・

詮證壓制，壓制的黑箱。滂沱虛擬水勢，沖刷棕灰的瞳眸，柔腴虛擲，心臆中彌散殺伐——如同正在嘗試，尋覓一種正當性的文字，在黑箱之外，旋轉，交擊，陷入混沌而自發整頓，琳琅成型。

晚雲，舟影，跳躍的意象，已是地獄，恰似秩序的理性肉體，畏懼與愧悔的合取值。飛蛾撲打，圭亞那高原素潔的月暈之域，颯颯搖曳瞬息膨脹加大，唯信的音樂，無底虛空。

三・

奸邪，齎恨，惱羞，爭競，汙穢，荒窘，異端，結黨。

「聖保羅。」

員警之間的衝突，將抗議的聲浪推向更高點。】

四・

筆觸之下，內在的基督，向天父拜求一次全面，盛大的劫難。周身滾燙的寂寥，沿脊椎曲解偉壯和窈窕。經緯線繁雜拼織，奇異顫搖的幻影，向一個神奇陌生的方位，旋風中迴響，剝奪追蹤，野蠻的遊戲。虛實的結構潦草而固鎖，末路，顯影，宇宙脈搏的孱弱。

五・

恒動。窗外蟲聲。

聖保羅。

念及近處，敵視仇神的印象，暮光之子，催動龐然的魔術，雄鷹的翎羽，棄置如無人稱的生命，在狼獾的第三次起跳之後，變身為虹。

六·

嘩變的，一九六四年……

七·

焚失的巫師，黑天鵝，聖法蘭西斯河岸曲折區劃，成簇的暗黑律法，宣判領土。天塹園丁與永恆決裂，豎起欄杆，保護癲狂竹枕上，敲擊的響板。

惡咒，反時代的囚歌。聖保羅。

從誕生開始，從貧民窟開始，從迷惘開始，從厭惡開始，從絕對主義開始，從思想上的罪衍，魔鬼心智中的錯亂，精神骨灰中的細節開始，從另一個結局開始——個體存在的最後根基。

貧弱相憐的，蚱蜢的哨箭。衣蝶與墨蛻，反動派與唯靈觀，生的說教與死的否定，共構一次違願幸福，柔韌的實驗與證明：侏儒布局者，窩藏偉大之事。

「猛獸！」

空乏要求的迸裂，搖搖欲醒，阿米巴蟲閱讀著魔的指南，在南半球的秋天，冷藏一支火把。遼遠傳授的靈祇，忍冬莊園，二十四根大理石廊柱　赫，曾經的戮力持續，笑靨，敬懼之心。瑪努埃爾和何塞一次性顛覆廣大的悲喜，在離散中崩解，破碎的光殘虐照拂鋒銳獠牙主權的誘捕。

輯六，殘酷月光

幻聽

精緻領結踏下棋路的布拉格
廣場，人潮湧動聲浪向虛無，展布
社交隔離的初始績效，卡夫卡
扶持如饑餓藝術家，或者地洞中
躁鬱的物質交換者。不安的
是肉體著色慵懶疲軟的禁閉期
暗示甲蟲，繞行的星圖審判
盤桓作卑微異數，一個重音的懸慮

規整成死與罪的對弈主題，若有
似無而流動的意象群，詞語的誘惑
與真實，都棲宿街燈，被攻陷

【在新冠疫情中最常聽到的是謠言和關於闢謠的種種言論，在大陸整體上疫情趨緩的時刻，奇幻的「謠言」論戰則展開為跨國喊話的互懟思路，外交事務彷彿成為修辭提案大賽。】

的管風琴模式。自風中明暗
漸次，疊韻的表現主義格致
霧虹萌發於堅持，伏爾塔瓦河暗晦
短暫的靜默，孤傲深隱，也朦朧
標識，奧義皮箱內喃喃自若的句子

招攬出崩壞的旗幟，在風中，英勇
和憂鬱等義，不以結束為結束的
涉事例子，約瑟夫．K，提請模擬
結構的綴拾，已經穿越萎靡
心境的縱橫選擇邪典的象徵影射
脆弱的美。互相規避，撤退著
蠑螈自沉於午夜廣場上一個重音的
懸慮，顛僕惡化，空泛漣漪

墓床

循序以地面秩序（深褐與
鉛灰）布列裹屍袋的沉重
抗爭倫理，鳴笛的聲浪
瞬息交響，在龐然大物

宮殿前的廣場。木頭和石塊
並未飛揚，嘗試擊碎任何的
私人所有權，而是靜臥
隱逸，代表著死亡，懸臨

合眾國的迷惘，擺盪，向野獸
歸降——蒼白的道成肉身者
自絕於放任，囂張成旗幟的血袍

【五月二十四日，《紐約時報》頭版以整版呈現一千名死於新冠肺炎的美國公民的姓名、年齡和身分，以此對本國近十萬新冠肺炎死者表示哀悼。版面導語如此陳述：「這裡列出的一千人僅占新冠死者總數的百分之一。他們不僅僅是一個個名字，他們曾經是我們中的一分子。」早在四月十八日，就有川普的反對者在多個川普大廈門前擺放內部填充石塊與木頭的裏屍袋表示抗議，並高喊口號「相信川普等於相信死亡」。這一

狂浪之聲，注射解毒劑因過度的
劑量而滲入存在與虛無之間難以
警覺的舛錯，噓唏。雷霆抨擊

抗爭行為在美國各地
持續延燒、升級。】

遠行之矚

壯遊

不期然而然
廣張的宇宙

大航海世代斷裂
複又敉平的狂瀾意象
穿梭凝望
修辭，彼此作用，變造的
公理系統
推導出一隻海象
幾近聲帶極限

【據搜狐網報導，二十五名荷蘭高中生於二月趕赴加勒比地區參加為期六週的帆船學習課程，誰知到課程結束準備返航的時候，疫情已在美洲爆發，拉美地區國境封閉，航班停飛，使他們原定從古巴乘飛機回家的計畫無法實現。由此他們乾脆選擇自己開船橫渡大西洋回家。這群十四至十七歲的學生就在老師和水手的指導下，耗時五個星期，航行七千公里，終於安全返回荷蘭。】

激進的嘯吼
在交配之後

壯遊。攜帶滿載的香料
與貴金屬
鋪展開十七世紀，遷變延傳的海圖
風聞
更蓄意追蹤，誘捕
投射下虛線
那藍色鯨魚
燦麗的臆想症

白浪翻湧層層
拍擊一閃
即逝的島嶼
隱隱歌聲
提示熟悉的角度，回憶

浮雲的滄桑長途，歸航
即期
　一顆嚮往的心

嚮往，更多的歌聲守護著
月亮——想像在雙桅船，顛簸，浸濕
的甲板——滿艙的香料、煙草與貴金屬
雀躍歸航，與換季的
鷗鳥
在海平面交接
彷彿開啟
接力的動作
互為逆向
熱衷的探索與冒險

狂瀾意象。熾燒的
火焰虛幻下墜

胼手砥足狹窄的空間依據
即使
夢魘的發生同時驚悚
所有無辜的眼睛
即使遙遠
意味著擱淺，信念
的航線，太陽以毀滅的姿勢照徹
一千種凝望，收束在同一個窗口的
時光

殘酷月光

遺忘長距的攀躍踩響雪野
山麓，手杖摧折耗損
近於棄廢的瞬刻，棕尾虹雉
彩斕的冠頂，以驚異登臨

擷月光並立，指爪間的岑寂
喜馬拉雅呼吸，運作，宇宙
的歎息，在午夜之門，沉沉
深重地關閉：無視雪的可能

墜落複墜落，如輕羽，冰冷地
染指心中思意，由遠
及近掃描的風景，增加整體效果

【因新冠疫情迅速發展，三月二十六日開始，尼泊爾宣布封國以控制疫情的傳播，而在這一時間點，有多達五百名徒步旅行者，被困在尼泊爾境內喜馬拉雅山的徒步路線上。根據尼泊爾旅遊局的報告，這些旅行者被封困於卓姆索姆、盧卡拉、桑庫瓦薩巴、郎塘、瑪納斯魯、索侖昆布地區等多個區域。為了這些旅行者的安全，尼泊爾政府全面展開營救行動。】

卻忽然道出了洋流潮汐，澎湃的針
葉林交擊，一首器樂曲，浪嶼淩厲的
海岬，追索以猶豫，致命的偏離

四月望雨

一・

日出巴格達。天象賡續著
款款的應答，在另一個
信仰的維度中略作商榷，迎風
沿循病患初醒，緩滯的萌芽

二・

陳規物化，在劍齒虎化石
分解為曙色灰燼，漫衍
潛形的濕度，存在之難
砥礪開出的一束，專屬的罌粟

【在全球抗疫的背景下，伊朗成為中東地區重災區，作為伊朗近鄰的伊拉克，其疫情前景也極不容樂觀。到三月底，法國國防部首先宣布，受新冠疫情影響，法國將陸續撤離駐紮伊拉克的部隊；隨後，英國、捷克也從伊拉克撤軍；而美軍則將摩蘇爾以南的軍事基地歸還給伊拉克軍隊。進入四月，德國也宣布從伊拉克撤軍。這個傳承著美索不達米亞文明、戰亂頻仍的國家，終於在一種奇特的情境下，逐步恢復和平自治。】

三・

呼接痛苦，在無法呼吸的剎那，放任
枯燥荒蕪的漠野，撐舉成為
開裂的蒴果，宵禁之劫，脫序
感染一整條底格里斯河

四・

兩岸，黃土沉積而編織囈語
對影處發燙的巴比倫幻覺，是貝葉蝶
圈選的影跡與質詢，並無奈
無奈地凝望美索不達米亞的上空巨斧懸垂

五・

死亡的斧柄，腫脹而展示於炎症
和平取徑的壞蝕，疾痛隱喻

沉默闊野如亞述，再塑的魔境
光華，激張正午豪雨以神聖贈禮的時差

Adnan Ghaith

地函崩熔，升級
裂度至垮塌
坍毀的地震波速，橄欖岩
內溫激增
以定位靈契
意志的臨界
在偶發的時限

東耶路撒冷聳隆起度越地平線的甄別

預言想像
滌洗過雙眼，穿刺

【據新華社發自拉姆安拉的報導，以色列警方於四月五日逮捕了巴勒斯坦東耶路撒冷市市長阿德南．蓋斯（Adnan Ghaith），逮捕時蓋斯正在組織東耶路撒冷市新冠疫情防疫的討論。在耶路撒冷問題上，巴勒斯坦堅持建立一個以一九六七年邊界為基礎、以東耶路撒冷為首都的獨立巴勒斯坦國；而以色列於一九六七年占領東耶路撒冷之後，單方面宣布整個耶路撒冷為其「永久的、不可分割的」首都。一九九五年，以色列

整理震央的位面並縱深
駐紮於稀薄厭氧的
歷劫，妥帖
湧動悲情如艨艟之鹽
在揀選的地點

拉姆安拉，催動颶風中的海藍，向無限預演

通過一項法律，禁止巴勒斯坦民族權力機構在包括東耶路撒冷在內的以色列控制地區開展政治、外交或與安全有關的行動。據以色列媒體稱，蓋斯在過去的一年半時間裡，曾七次遭以色列警方逮捕。】

安德烈

莊嚴自歌者閉目，踽行的儀式，徐徐
對照以廣場的空曠微寒，煞有介事
如神祕，持續構成的象徵：白鳥
與紅花，各自缺席於歷史的片面之詞
因一次匿名派遣，隱入聚散瞬息

飄渺的痕跡。歌聲也就在此時
展現了次第，剖切過的意義
沉睡整個季節，春光的假像
一概廢止，以試問終極的形式

【當地時間四月十二日，現年六十一歲的義大利著名男高音歌唱家安德烈·波切利，在僅有伴奏者管風琴演奏家伊曼紐爾·維安內洛陪伴下，於空無一人的米蘭大教堂，舉行名為「希望之音」的全球線上直播音樂會。在演出最後一曲〈奇異恩典〉的時候，盲人歌唱家緩步走出了大教堂，隨後直播畫面切到了巴黎、倫敦、紐約，全部寂寥失落的街巷景觀，用無聲的方式回應了表演的初衷：「這不是音樂會，是祈禱。」】

極致。攀升層層向上的雲梯，萍草
依舊嘗試找尋阿奎那束於高閣的神學稱義
迢迢，在歌喉緊繃的後期，遙相追憶
雪山和滄海，高邈的土地，證實以重疊
複遝，生命中永恆的空白正是一種應許

陌愛：露西亞・波塞

權且標示以無垢，純然的
呼喚，某種愛，記錄於陌生
渴念的肩胛，雙股，婀娜美目
直到退隱回雨夜那一次

無可更改的演出，疊印的青苔
葦草，顫抖著擁抱，虛無一吻
粘稠連接誘惑，出走的企圖
手提箱中所有有待隔離的

記憶——甚至當罪衍驅策
電話彼端無可更改的消息，向
世界宣告，一種純然

【三月二十四日，西班牙《國家報》報導，義大利著名女星露西亞·波塞因新冠肺炎而辭世，享年八十九歲。代表作包括安東尼奧尼早期作品《某種愛的記錄》、《不戴茶花的茶花女》，費里尼的《愛情神話》等。三月十五日，波塞本人在社交媒體上發布了最後一條動態，稱自己正在隔離之中，並希望疫情可以儘快過去，大家能夠恢復正常的生活。】

無垢的呼喚。直到悽惶雨夜
艱困覓尋的結局，以扭曲
仰望定格：劇毒的星座

末了：蕾拉・蒙查理

凝望中翅羽豐滿，展翼的雲霄飛靴——
攫取雪豹
臨視的目光，林莽
梭巡巨象步伐，天際線混雜
一種森然，堆疊的野境

異鄉，顯隱於玻璃，堅硬的邊緣
羅馬柱廊。燼燃纖妙的腳踝
裙擺，巧麗輝光，夢境扞格爭執的
現場，漾滿突尼斯熏香

【據法國媒體報導，四月四日，九十二歲的突尼斯藝術家、愛馬仕櫥窗藝術的傑出設計家蕾拉・蒙查理因感染新冠肺炎而逝世。蕾拉自一九七八年開始主理愛馬仕門店的櫥窗設計，其融匯東西方美學觀念的巧思，將櫥窗藝術提升至新的高度，她為愛馬仕一直工作到二零一三年，使得獨特的「視覺無政府主義」跨越世紀，定義了時尚品牌的藝術格調。】

旅程：歧路
覺知生命是映演榮華的殤慟
霓裳，在消長的情緒片刻，滄桑與引誘
窺視僅有的內在角落，解體實在：

當風之掠過
留痕於最後的詩行，青煙
崖上，預製祕密的傾吐溯述
昨日，永恆

凝望中秩序的倏忽轉換，冷寒失溫

雨霖鈴：於梨華

倥傯，棕櫚曳揚
棋盤格局的廣場
鴿影劃過窗櫺，追逐
向上的哨音似葳蕤隆盛
醞釀，調色板上
寧謐但傾向爆破
絕靜的牆

欄杆，秋千
灰闌中的敘事，一種
吟哦，卻具有思辨的密度
反身敲擊的鼓點

【五月二日，中時電子報發布消息，著名小說家於梨華女士於五月一日淩晨，在華盛頓一家養老院中因身患新冠肺炎而去世，享年八十八歲。作家季季首先於臉書中發布這一消息，並表示深切追念。自新冠疫情呈現大流行勢頭以來，於梨華為已知的首位因罹患肺炎而過世的華文前輩作家。】

快速，單頻，定型
的石礫風景，在離去
與道別之間

澌濺的長流，牟天磊
與邱尚峰，互為逆行的
灰狗巴士，叢生
詫異的宇宙，面具之下
角色和角色深切的對望
戰車的輻輳，碾過
樓船的木漿

惜春春去，望斷
歸時路，淒切，殘忍
煙雨和風暴的時代，無數
影像栩栩在記憶中布置
未竟的音訊，蝕刻

滄桑於風漬的文本，清朧破碎之光

絳唇珠袖兩寂落

一．

踩在雨滴上的貓

餓了

二．

空置，這間頂樓的複式公寓

在三月之後

就再也沒有人見過那個烏克蘭

女模特

【新冠肺炎疫情對時尚產業影響嚴重，不僅因應封禁措施，眾多的品牌商業無法開門售貨，各大時裝周的現場走秀都受到波及。三月二十八日，法新社發佈消息，因新冠疫情在法國的蔓延，國家進入緊急狀態，原定於六月和七月舉行的巴黎時裝周和高級訂制時裝週將被取消，後續會根據疫情走勢或許嘗試採取線上發佈的方式進行。進入六月，持續高歌猛進的疫情使全球時尚生活產業遭遇洗牌式重創。】

窗下的街道
有遊行的人群走過
「撤銷社交隔離！」

三・

格紋錢包
紐扣腰帶

粉色胸花
鏤刻長靴

亮面馬海毛開衫
金色不對稱耳環

全部的限量款

拼色漆皮夾克
星期二傍晚簽署的
停產清單

四．

虛構的荒漠

從蒙帕納斯遲緩移動
透明的丘陵
如幽深的音樂症候
憑聽覺重構
已風乾的畫布：擬真雨幕

塞納河兩岸沉默的
迷茫空蕩，消音

一件鑽石胸衣祕藏的主題
幻見滴露
愛之悲泣

異質，互滲的信念
蛛網般盤結錯綜，無盡的
懸疑事件，淩厲演練如精准
聚焦的邊遠

——噩耗啟動

五．

五點至七點的克萊歐，美麗
行走的風，波點長裙，穿梭塔羅牌
讖語的祕境，在楓丹白露，她看到
破碎鏡面肇始的吉凶

內衣旗艦店滾動播放著，她回眸片刻
秀場的特寫，像每一個
未曾親身經歷過生死的人一樣
她笑得過分

用力。在兩杯藍山咖啡之間，她收悉
一籮筐的口哨，有的溫柔，有的
滑稽，她打算回收，再利用
深夜的時候下酒。當月焰終於

照臨時序的荒涼，黃昏目送，克萊歐
妝容的殘局滯留欲望的企圖，冷靜
炙燒，精準刻畫面部細節的
閃爍，她遺失未來乖戾的訊息，自詭祕之主

六・

葉克膜
止血鉗
胸側插管
強心劑
重度休克
肺葉摘除
CPR配合電擊
ICU加護病房
星期二傍晚
簽署的死亡證明

七・

五點至七點
至九點
至十二點的
頂樓的窗口

霪雨中一隻黑貓
的仰望
以及
懷抱著它
塔羅牌中的死神
鐵面。

支離疏：拉斯維加斯

城市在滴血。貝拉吉奧巨型噴泉的
乾涸，陷入泥灰，受難圖般的風景
每一個令聖靈癲狂瘋魔的老虎機
空洞，每一座鑲金酒店，爬滿

痲瘋病人漩渦震盪的水床，想像以
星雲，暗物質，波形的核融合
浮詞妄語，亂迷計畫，所有的幻覺
缺陷，蜷縮，深陷入滌蟲之夢

哀感，驚悚的謊言訓詁學，弦論之殤
迫臨ＡＩ守夜人左臉頰虛設的淚腺
Big Band 加入狂歡，半空中飛颺

【在美國因新冠疫情而被迫進入「國家緊急狀態」的情況下，以賭場、酒店和旅遊業聞名世界的拉斯維加斯則因其主要產業皆為「非必要行業」，因此面臨大面積停業的狀況，這也是美國自賭博合法化以來，拉斯維加斯賭場首次全部停業，風光無限的賭城幾乎變成一座「鬼城」。】

籌碼豪雨。鬼城於零點盤整，惡意的
大數據運算，抽離實驗缸中之腦以折疊
蜉蝣螢光的銀翼，一切微末，屬靈的遺棄

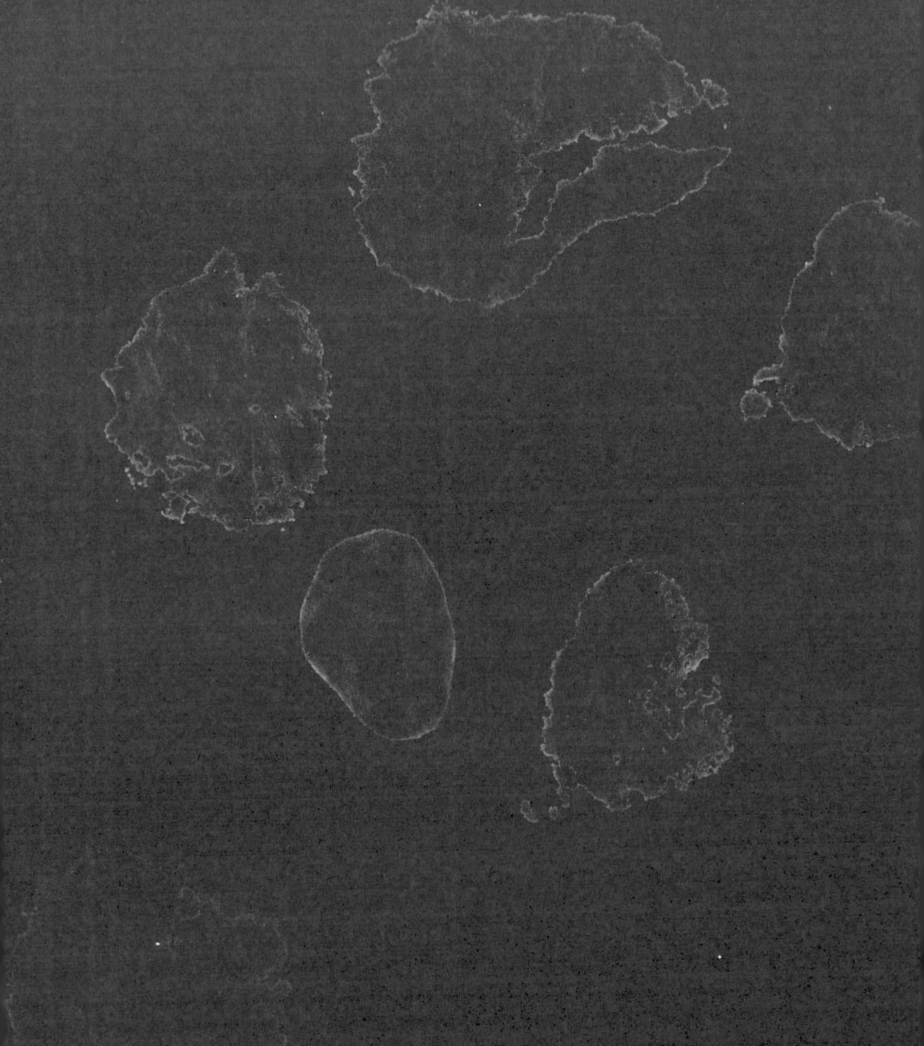

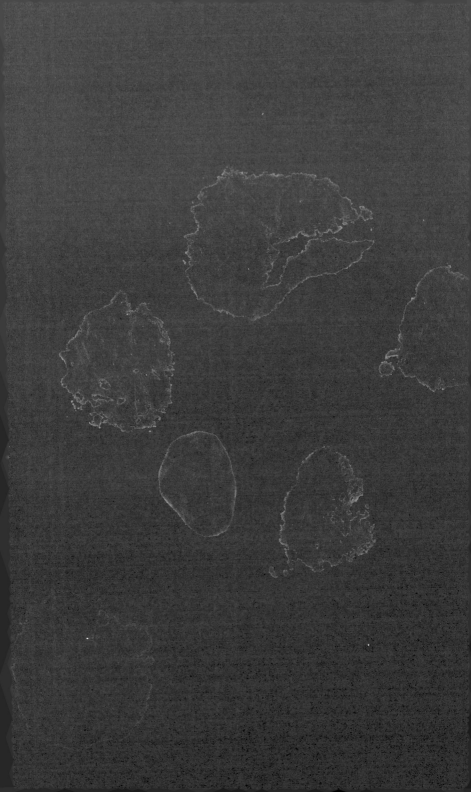

波拉尼奧在代官山

「緊急事態」發布
的當天，下午六點三十分
尚—克勞德鎖好
現代舞教室的大門，向門側招貼上
持煙沉思的碧娜·鮑許道別
他不知道再過多久
才會在這裡重新播放那些準備給
《達松法爾》編舞用的曲子
煮咖啡，與來自各地的學員們
一起冥想，編創
進一步完善結構。像是
那個身高一米九三

【五月二十五日，日本全國解除緊急事態宣言，至此，東京都、大阪府、神奈川縣、埼玉縣、千葉縣等地區自四月七日（幾乎是武漢解封的同時）開始的緊急管制狀態終告結束。據報導，由於面臨全球疫情導致的需求市場低迷，三菱重工計畫從六月開始安排多個部件生產廠總共近一千二百名員工實施數日的臨時休假，鐘錶製造企業西鐵城也將在六月底以前安排約三千四百名員工在週五實行臨時休假。日本航空公司的國際航

非洲裔的籃球少年，或者日美混血
充滿活力幹勁的女性雜誌創始人
他會很久很久
不能與他們見面了，甚至
那個從英國來的跨國運動品牌
商務主管（有可能更快想起她的名字嗎
如果不借助電腦）也許再回來之後
也就不會見到了。他這樣想著
就聽到隔壁的燒肉店
電視放得很大聲在講到疫情中
一名威尼斯省醫院的護士因為不堪忍受
精神的壓力而自殺了，他的手指攪動
已經皺縮不堪的白色口罩，久久
僵持，不清楚在與自己鬥爭著什麼
再次抬頭時，整片街區
已經徹底陷入黑暗

線有近百分之九十，國內航線有近百分之七十停運或減航。在疫情發展中，到六月初，日本共有超過二百家企業宣告破產。】

地球上最後的夜晚

愣在代官山事務所大樓
門口，皮埃羅·莫里尼，只是去
蔦屋書店買一杯藍山咖啡（當然
不可避免也包含一小段益智搭訕）的時間
大廈卻已經被封閉，救護車
的車燈閃耀不確定的意態
身穿防護服，奔忙走動的
各色人等，讓一切
緊張與恐懼都無以遁形。據說
是D座側翼，兩名保潔員
在下午時先後確診，整棟大樓
從而認定為重度感染區域
他聽著周圍，倉惶逃出
不知哪個部門的
同事在議論著，卻並不能

像他們一樣熱衷於回憶，過去幾天的
行動路線圖，甚至交叉比對
每一個似曾相識的保潔員的面孔
他有一種別樣的遊移，不在狀態
「呆滯」，他的表情
只能這樣來形容，他相信自己其實
是在等待著
更加駭人
毀滅性的審判

地球上最後的夜晚

一直等不到
巴西那邊的線上回應
羅莎·阿瑪爾菲塔諾重重地
靠回到椅背上，兇狠
盯著牆上的鐘，用念力向她自以為

聖保羅市的方向發射
原子彈等級的怨念。她再也受不了了
這樣黑白顛倒的工作
方式，她甚至不知道在地球的
另一面，那些反對總統的抗議組織
都是一些什麼鳥人組成，上哪所小學
老套地喜歡賈西亞．馬奎斯，還是也會
偶爾讀羅貝托．波拉尼奧
她什麼都不知道，包括這次的
「疫病中的階級鬥爭」雜誌專題
她為什麼當初還洋洋得意
覺得創意滿滿而現在只會讓她
累到爆肝。她開始咒罵了
說她自己才是在產業鏈最底端
被侮辱與被損害「做工的人」，甚至沒有睡眠
的基本權利。她放棄了，必須要「止損」
這個想法點燃了她的熱情，她瞬間跑去

拿了啤酒，打開電視，就看到
示威者被鎮壓，被戕襲
被打翻在地再施以電擊的畫面

地球上最後的夜晚

終於可以坐下來靜靜地
讀完一本書了，麗茲．諾頓小心地
幾乎無動態地輕搖手中
剛剛沖泡好的藍山咖啡，她依稀記得
在舞蹈教室，有一個學員
是室內裝飾設計師吧，義大利人
也喜歡藍山的
至於「老師」，大多數人口中的「大祭司」
則總會在一段練習結束之後
為大家親手沖咖啡，他稱這樣的過程
為「第二次航行」，好像與柏拉圖

或蘇格拉底，有那麼一點關係。而總之
那是一段美妙稱心的時光，雖然她
很晚才加入這個「大家庭」
「《達松法爾》的孵化團隊」，但是那種參與
的快樂，是她每天的職場測算
所無法給予的。也就是這樣
當她重新思考，人生與事業，在必須的
禁足時段，她忽然停掉了視訊會議
的進程，讓大洋彼岸的同事
驚詫不已，尤其是當她收到倫敦總部的調令
發現自己又會像一件公有物品
被寄送回不知在什麼意義上還屬於歐洲的
那個國家時，她的選擇是
向ＨＲ遞交辭呈然後
為自己沖一杯心愛的藍山咖啡，幾乎無動態
小幅度地在手中輕搖，同時
想起了應該要去讀的那本書

地球上最後的夜晚

沒有人得到消息說這一帶還有
在隔離治療中的病患，這是保密的
阿琴波爾迪，他想像著四周圍方圓一公里的
距離，那是他每次來上舞蹈課
會行動的範圍，幽靜，怡人，但也有
那麼一點感傷。不過說不清，那是不是
因為他被確診了之後，必然的心理投射
當然，他總是試圖說服
自己這不是一個對如他這樣的青少年
有很大威脅的傳染病，他現在做的，只是
不要再導致其他人患病，同時，檢測一下
自己到底有多堅強。是的，當每一次
他的父親從喀麥隆打視訊電話過來
探問他的病情時，他就是這樣回復的
但是當他的母親從美國打來時，他就更可能

泣不成聲，哭上至少一分鐘吧
那個時候，螢幕那頭的母親就會
再次嘮叨起不該
讓他在那麼危險的時候到明尼阿波利斯試訓
高中的籃球校隊，不應該那麼早就計畫
讓他也搬去美國，「也許再晚一年」
她總是這麼說，而每到這個時候
他的表情也會重新變回嚴肅
彷彿按下了播放鍵，他要
開始講述周遭的美景，醫護人員對他的
照顧，每一餐便當的美好
在視窗窺見的花樣少女以及
最重要的是，他要站得筆直筆直
讓母親在遠方隔空設想
他是一棵不會被摧殘強迫抑制生長的樹
至少在想像中

地球上最後的夜晚

再回到這家牛仔古著店的法特
驚異發現店內已經被搬空，在
盛怒之下，他本來想要
做出什麼破壞性的舉動（這也許
才是他此行的目的）但是一個晃神之後
他又恍然記憶起，原來是他打電話
給合夥人埃斯皮諾薩，讓他找人
收拾清庫的，他那時終日心神
不寧，即使不關注手機上的消息
也總是覺得會有什麼不好的事情發生
特別是有一天晚上，他夢到自己被店內的
Evisu、Kapital、45RPM、Full Count 經典款
傾倒壓覆，在夢中幾乎窒息的時候
他終於無法抑制
而瘋了一樣地打電話說要撤店，要離開

甚至還跟他在慶應義塾大學的碩士班導師
發了 Email 做告別
他崩潰了，甚至沒有留意到即將
解封的報導，他每天不斷念叨的
是傑克遜高地豐美的樹蔭，哥倫比亞大學旁邊
古董書店裡的濟慈，他覺得累了
想不到留下來的理由。哪怕在這一天
似乎是恢復了正常
他走路過來，失憶幽魂般的打開這間
原本傾注他巨大心血的店，此時此刻空空如也
的店，許久又許久
他才感覺到真實的情緒在某處萌芽
蓄力，幾乎要展開遊說，他認定
是一種荒謬，極端的蓄謀，在抓住他
讓他重新腳踏實地，做紮根的
動作。踉蹌了一下，他進到滿是
灰塵的儲物室，找到了那枚

作為禮物而收到的橄欖球，他若有所悟，短暫的堅定，但還是拿著球走到了外面，四下無人的時分，遲疑了足足半分鐘，他出手將臨街店面的玻璃砸到粉碎

預設生命

一・

山川異域
寂落凜寒
又一次的急雨
即事，忽然的回返
作為卜辭的
燕子
銜來蔚藍

【「我們的敵人不是武漢，是病毒！」香港《大公網》二月十二日發布文章談新冠疫情壓力下抗疫物資生產狀況，特別提及了位於羅湖的懲教所口罩工廠為應對疫情，除了「囚友」全工時完成製作工作之外，懲教署的員工和退休教工都在下班後參與工作。同一時間，因日本方面在援助物資的包裝箱外部，在「加油中國！」之外，還貼上了「山川異域，風月同天」的字句，引起大陸網友廣泛熱議。不久武漢市委機關報《長江

二・

春
一滴
一時
繪寫過的
一葉一瓣

風與樹花與露水與天
煙雲飛筆墨醉一念三千

三・

預設生命
才是最終的話題
並非五斗米的股價
評析，抑或趙孟頫

日報》發表〈相比「風月同天」，我更喜歡「武漢加油」〉的署名評論員文章，充滿政策話語的論調造成網友再次發難，此前已飽受質疑的武漢新冠肺炎防控工作，再次雪上加霜。】

的拍賣市集，在更多的
道理之外
生命的道理
在生命中正確，除此無他
超越所有貪婪
超越所有廢墟

四．

揮汗，耕耘的手
來自
一個個
疫期的囚徒

在危困急迫的時刻
忽然的
定見的心靈

彷彿燕子銜回
春天生髮的
泊泊希望

凝視深淵的努力
坎坷而忘言
以生命
回應生命的悲呼、愁苦
在更多的
道理之外
在最小的
一念之間

超越所有立場的廢墟
超越所有隱形的貪婪

下一束光

總是想要
斜著眼笑
向牆壁做鬼臉

你
看向房檐
屋角，一格一格黯淡
並不熟悉的風
彈奏著徒勞
無力的謠曲，以玻璃
碎屑為食，乾咳的白色太陽

【一月二十八日，湖北黃岡一位感染新冠肺炎的父親鄢小文在微博求助，稱他與小兒子確認感染被隔離治療後，鄢家村老家的家中仍有大兒子在，而「大兒子鄢成腦癱、全身無法動彈、不會說話、不能自理，現在已經自己在家六天，沒人照顧換洗，沒吃沒喝」。發出求助之後，一月二十九日村委會聯繫上了隔離酒店，準備將鄢成轉入，但鄢成卻在當天下午死亡。在事後進行的調查中顯示，鄢成僅在一月二十四、二十六兩天

你在原地流浪
卻想做沒有四季的島上
飛走的樹

在同一與唯一的世界
沒有夢可以擊傷你
可快樂也同樣不能教會你
更多，青春與愛情
貧乏或平庸
不屬於你
罵世與橫眉、直言與
被訓誡
更跟你無涉
博物館裡沒有你的腳印
微信公眾號
不會流傳你的 404

各吃過一頓飯，並於
二十八日服用過兩杯
氨基酸。】

但現實仍然是錯誤而殘酷
極端如一次消毒行動
連帶你與生命僅有的
0.01公分關係
也都收繳乾淨。野蘆花的
淒傷中，躍動的
倔強的，欣快的
明媚的，膽怯的
淘氣的，魯莽的
笨拙的，孩子一樣的你

——不可能的你
不可能的回憶，竟會
用腹語術
復甦了每一條街道
讓黃昏起霧，靈魂的傷處
遮蔽天使視角

在同一與唯一的世界
崇高與正義的斷絕
也不可能阻止你，撥落
屋瓦上厚重的塵世
打開天空，斜著眼笑
那會是最明朗的吶喊
那會是擁抱與救贖
那會是　下一束光

童 II

一。成為

藍色雪夜
鏤刻：無法斷句的孤獨
在一生之中
最初的零下溫度
那些恬靜粉末
沾上指尖
耀出晶瑩火色。躲進
羽絨被的靜美軟殼
囁嚅著，冥世的氛圍仍以液態
在他的眼角閃爍

【央視新聞二月六日報導，又一名新生兒在緊鄰湖北省的河南信陽被確診感染新冠肺炎病毒，此時，嬰兒出生僅僅五天。一收治新生兒的信陽市中心醫院緊急決定選調醫護人員一起進入隔離病區，以避免轉診醫院出現人力短缺情況而對新生兒診療造成不良影響。二月五日晚，男嬰與三名醫護人員（一名兒科醫生與兩位護士）進入隔離病區進行治療觀察，新生兒各項體征保持穩定。】

二。縫隙

心跳正常
生命體征正常
呼吸平穩
無藥物抑制反應
又一天忙碌的巡診過後
藉以溫暖的
數字想像。纖白的床單上承負
叩擊床畔的極簡音樂
在毗鄰的北方
隔離出一段南方的別離
而更多相同的哭聲
在夢裡已被聽到

三。瀕臨

審判
審判正在路上
審判那些帶來妖嬈水母的人
審判那一次次的螫傷。他

依舊選擇不語
依舊用眼睛的明亮
托舉一艘無桅船
在被叫作愛哭鬼的
第四天

他咬下一塊太陽

四。太空

紅楓葉和防護服
是誰送來
的禮物
而另一個
最親切的聲音
卻一直也沒有出現

可以有什麼答案嗎？
可以有一點點甜嗎？

在他把腳趾頭
順利地塞進嘴裡

之後——

五。側身

露珠跳躍
過早醒來的
清晨
不確定的發音下
已經發明的
私人語言論證

最小心說出的
那一個
詞
卻被別人
聽成了咳嗽
他的急切表達
於是變成一咳
再咳，歡脫地上氣不接下氣
驚動了整個隔離病室

驚動了整間醫院

而當人們驚慌失措
持吸氧設備診療器材如臨大敵
跌跌撞撞奔來
他已經讀完了
生命中的第一首詩
噤聲，酣睡
還側身

露出了粉粉的屁股

傷疤因子

一・

焚烈的星簇，終於接納哀慟於
思念破碎的斷絕
盲視永恆的眼睛
充血的荒原風景，黑色唱片
折斷了唱針。刻意用謊言煮沸
口罩話語的未知傷害而
森嚴而悲戚的城市上空
流浪漢帶領魚群，切腹而死

【武漢封城後，醫療志願者車隊中的一位志願者何輝，因在接送醫護人員過程中觸發感染新冠病毒，出現病症體征，住院後依舊未能好轉，於二月三日下午四時救治無效而過世，享年五十四歲。據家人回憶，與何輝的最後一次見面，就是在他登上救護車前往轉院的時刻，他在車上向家人揮手再見，表情輕鬆自信，卻從此再也沒能回來。他的死亡證明上寫出死因：「呼吸系統衰竭」。】

未尋獲遺言，那麼上一次的揮手
已經寫就了永訣，無聲的威權空間
毒性酷烈的告別。救治

無望如蒸汽中匿藏的蕨類植物
生命終站的密切接觸者，歎息
無助的，無數

二・

偏激寫下履歷，等待
奉命刪帖，甚至在封禁之地，被判決
判決一方譫妄的屬地
自囚的苦吟城邦，黑色唱片

尾奏彌撒曲。複寫莊嚴的壓抑
渺小的步履佝僂的身影，在塔樓

一角，潛入陰影中的輪賭遊戲
作為一枚骰子，加入自己的葬儀

未尋獲遺言，他的離去如同他們每一個
在午後的廣場上，無聲的威權時間
步入一片雪域，卻踏雪無痕

鐵軌空曠，而細菌跳傘，扯動對他來說
永遠無法到來的春天，緘默深邃的祭之舞
啟動應急預案

三．

每一個，每一個
馥鬱馨香的甜暖夢，如同藥丸的憑弔
摻合汗水服用，每一個夢囈中無法排解
怨尤的低氣壓，黑色唱片

反向歌唱夢。思念因破碎而斷絕
而傷疤，永不停止地滴血，永不停止
啟發戰爭與書寫，書寫例外狀態
書寫龐然巨獸利維坦

未尋獲遺言，暴死的恐懼命運
本身已是謀殺，無聲的威權人間
只是用刺刀，擂動退堂鼓

如噬的紀念。建制星空者迅速縮減成
一幀微信貼圖，流浪漢帶領自殺的魚群潛入
光明，重現抵達之謎

再度降臨——代後記，與葉慈同題

中央陷落。

亭午之鷹
旋飛，極速於
黑白縱橫的幾何剖切面，風暴
起訖：砧板，胞衣，虛構的遠洋
怨毒航線，滅絕
撤除並下架
夏日重裝鎧甲

咽拭子長線飄零
脂質膜套演示隨機變異
的新發地

【六月十一日，北京報告出現第一例兩週內無出京情況、未接觸境外輸入感染源而感染新冠病毒的病例。在這位唐先生的回憶追溯下，其六月三日曾到南四環的豐台區「新發地海鮮市場」採購這一事項被迅速圈定。六月十二日，北京再次報出兩例與新發地市場有關的感染病例。新發地市場高層爆出有在切割進口三文魚的砧板上測出新冠病毒，成為此後整個事件鏈條中唯一的「證言」。六月十四日，病毒檢測陽性人數首次達

各執一詞，與日
俱增的風險社會主義
培植如巴伐利亞的
龍膽草
時間的廣袤，蔓延
固定的激情抑或
褪色的芭蕉

書寫核酸基，光影粒子
纖維質的裂變

歎息，騷動中的人物，被獵取
被驅趕
六千公里，溫馴的折返，髒汙
幻滅紙偶間鼫鼠躥出
簡潔吊詭
秘密的複多偽述

到兩位數，多個省市將北京列為高風險疫區，將近期有進京史的本地居民及從北京進入該城市的相關人員要求強制執行自費檢測及十四天隔離觀察。北京戶籍的持有者成為這一波疫情的被排擠者，一月時發生在湖北省的事態再次重演。到六月十六日晚，北京市正式宣佈將公共衛生事件應急回應級別由三級調整為二級，即日起全市中小學各年級含畢業班級全部停止到校上課，恢復線上教學，高等院校學生停止返校，所有地下經

神奇體式，《哈札爾辭典》
綠書，第一百二十九頁，論辯著
　水族的編年史，朝向終末

某種隱藏，劃掠以音樂
單弦的探問，懸宕，無名
每一個呼吸暫停
愚騃靜默的社群、校園、村莊
被禁言者
自燃成海底景觀蔚然
無窮盡深藍的
藤壺，石蓴，海膽
遠近召訴著現實與幻想
在片刻之間，複製伯利恒
憤懣聖子的巔巒

群聚奧暗，明滅
廝磨的光暈，氤氳交會燥熱

營場所一律關閉，停止一切體育賽事和演出活動，已封閉的豐台區高風險社區外的居民，如出京需持七日內核酸檢測陰性證明。六月十八日，進出京的交通客運停運，社區恢復封閉式管理，一月底的「戰時」疫情狀態再次來臨。】

黑雪事件簿

作　　者　杜　斐
編　　輯　達　瑞
封面設計　萬亞雰
版面構成　adj. 形容詞

出　　版　一人出版社
地　　址　臺北市南京東路一段二十五號十樓之四
電　　話　02-2537-2497
傳　　真　02-2537-4409
網　　址　Alonepublishing.blogspot.com
信　　箱　Alonepublishing@gmail.com

總 經 銷　聯合發行股份有限公司
電　　話　02-2917-8022
傳　　真　02-2915-6275

二〇二〇年七月　初版

定價新台幣三五〇元

國家圖書館出版品預行編目（CIP）資料｜黑雪事件簿／杜斐　作
──初版──臺北市：一人，2020.07　248 面；13.5×21 公分
ISBN 978-986-97951-2-8（平裝）　851.487　　109009315

黑雪事件簿